中国文学名家散文精选丛书

遇见美好

张学玲 著

江西高校出版社
JIANGXI UNIVERSITIES AND COLLEGES PRESS

南 昌

图书在版编目（CIP）数据

遇见美好 / 张学玲著 . -- 南昌 : 江西高校出版社，
2025. 6. --（中国文学名家散文精选丛书）. -- ISBN
978-7-5762-5636-9

Ⅰ . I267

中国国家版本馆 CIP 数据核字第 2024SA3488 号

责 任 编 辑　陈钟华
装 帧 设 计　夏梓郡

出 版 发 行　江西高校出版社
社　　　　址　江西省南昌市新建区工业二路 508 号
邮 政 编 码　330100
总 编 室 电 话　0791-88504319
销 售 电 话　0791-88505090
网　　　　址　www.juacp.com
印　　　　刷　鸿鹄（唐山）印务有限公司
经　　　　销　全国新华书店
开　　　　本　650 mm×920 mm　1/16
印　　　　张　13
字　　　　数　160 千字
版　　　　次　2025 年 6 月第 1 版
印　　　　次　2025 年 6 月第 1 次印刷
书　　　　号　ISBN 978-7-5762-5636-9
定　　　　价　58.00 元

赣版权登字 -07-2024-1071

目 录
CONTENTS

第二辑
相遇皆美好

第三辑
寻山问水去

第四辑
我思故我在

第一辑

谁言寸草心

新房

一

父亲一心想盖一座高大宽敞的新房子。

我家住在村子最西头的沟边。三间不高的瓦房，屋子的里墙和地坪，都是土夯的，外墙体半是火砖半是土坯。不知何时，外面包的火砖脱落了一部分，露出黄褐色的土坯来，如同脱落了一撮毛的黄狗，丑陋而破旧。

在我的老家，房子高大气派，能显示屋主人家境殷实。殷实的家庭，自然排场大、底气足，受人尊敬。所以那些后盖的房子，一定会比邻居的房子高出一截。从我家往东看，一家比一家房子高一砖，我大伯家，房子是庄上最高的，室内是水泥地面，看起来也最气派。

二哥常常抱怨，我家房子太破旧，直不起腰做人。有一次，二哥和一个中学同学在路上相遇了，二哥不好意思把同学领到自己家，径直带到了大伯家，后来那同学知道了底细，让二哥难堪了很久。

父亲嘴上不说什么，但他心里，比谁都急。眼看着两个大儿子都成人了，再不盖新房，怕是媳妇都娶不到。

父亲种了十二亩地，又在长渠堤上开了一片荒，就这样，杂七杂八的土地加一块，我家的地是村里最多的。

父亲每天早上天不亮起床，和母亲一起烧火做饭，吃了饭，喂完猪，挎起竹筐，扛着锄头，顶一头晨雾，便下地去了。正午时分，炎炎烈日炙烤着大地，父亲的脸晒得黑中泛红，汗水湿透了衣背，挎着满满的一竹筐青草，回到家中。

那时，放学在家的我们，已经胡捶乱打地做好了饭。父亲把草撒在猪圈喂猪，然后打开收音机，蹲在墙根，边听评书边扒饭。饭毕，又挎起竹筐，扛着锄头，顶着烈日，下地去了。

夜幕降临，黑暗笼罩四野的时候，父亲挎着满满一篮青草归家了。这个时候，我们兄妹几个已经吃完饭，在屋里做作业了。父亲在黑暗中，吃饭、洗刷、喂猪，悄无声息。

在漫长的冬季，田野里覆上了一层厚厚的积雪，庄稼们在田地里安稳地睡觉，劳碌了大半年的农人们清闲下来，只等春风来把禾苗唤醒。

这时候，父亲开始走村串巷收破烂。

在若干年前，当你看见一个身材高大，脸色黝黑，脸颊瘦削的中年男人，推着一辆木制的板车，行走在尘土飞扬的乡间小道上，不时用浑厚而略有些嘶哑的声音喊着：收破烂呀！收破烂呀！那个人一定是我的父亲！

每天一大早，父亲带足一天的干粮出发，夜幕降临时回家。进了屋门的父亲，喝一口热水，便从贴身衣兜里，摸出一个塑料袋，掏出袋里的钱，凑在煤油灯下，一张一张地数起来。然后把那些林林总总的毛票、硬币，小心翼翼地包好，塞进柜子里，像是塞进了无价的珍宝。

父亲推着板车收破烂的足迹，遍布四乡八村。最远的一次，父亲走到了离家三十多里的余岗。那天临近傍晚时分，天空飘起了细雨，路上泥泞不堪。天黑透时，雨下得更大了，父亲依然没有回家。母亲担心地说，你爸非淋病不可。大哥说，这么大的雨，爸肯定会找个人家躲雨，天亮再回来。母亲摇着头说，你爸这一辈子，从来不会麻烦人，再苦再晚，他也会走回来的。母亲这话再精准不过，若干年后，我们兄妹几个都在城市里安家，无论多晚，父亲从来不会在任何一个儿女家过夜，他生怕给儿女们添丁点麻烦。

父亲回家时，已是深夜。母亲的埋怨声把我从梦中惊醒。只见父亲的衣服全部湿透，皱巴巴地贴在干瘦的身上。嘴唇冻得乌青，两只蒲扇般的大手，被雨水泡得发白。那一刻，我的心隐隐作痛，忙披衣下床，给父亲倒热水。

那夜，我久久难以入眠，担心父亲会因淋雨而感冒发烧，谁知第二天天刚麻麻亮，父亲又推着板车出发了。

父亲的身体如钢铁般硬朗，从小到大，我从未见过父亲吃一颗药、打一次针，就如同我从未见他说过一句脏话、发过一次火一样。

到年根，父亲不再收破烂了，从城里进一些碗筷、年货，摆在街头出售，赚一些差价，补贴家用。

日升日落，父亲就这样日复一日地勤扒苦做，没有一刻闲暇过。

只有到过年时，父亲才会停下在外奔波的脚步。做完家务活后，父亲搬一个小凳子，倚在墙根下，点燃一根烟，半眯缝着眼睛，任冬日的暖阳抚遍全身，时不时地吐出一口烟雾，这是父亲一年中最悠闲的时光。

在我上小学五年级的时候，家里终于在打谷场边盖起了一座红砖黛瓦、室内室外都用水泥铺过的三间明亮的大瓦房。

起新屋那段时间，父亲每天忙里忙外，搬砖、和水泥、拌石灰……买菜、做饭，招待工人们。父亲话不多，脸上却总是含着笑。

新屋落成那天，来了很多亲朋好友贺喜，鞭炮在屋顶炸响，烟雾在空中弥散，人们议论着新屋的高大美观。父亲的脸红红的，像是喝了酒，又像是害羞，两只手像没处放似的，不自然地贴在胯上，然后又交在一起轻轻搓着。不久又踅进屋里，摸出一盒纸烟，逐一发给大家。

那天父亲一直陪客人喝酒，直到太阳偏西，酒席都未散。喝了酒的父亲，脸上笼了一层红晕，半眯缝着眼睛，指尖夹着一根纸烟，心满意足地坐在那里，听别人高谈阔论。

二

我初中毕业后，考上了一所离家七十多里的高中。这时候大哥已经成家，新盖的那三间瓦房，自然成了大哥的婚房。二哥也二十出头，到了成家的年纪。我们一家人，依然住在沟边那所低矮破旧的房子里。

二哥常说，啥时候才能盖新房啊？

父亲依旧不作声，但他皱纹纵横的脸上，布满了凝重。父亲的心里，何尝不想早日再盖一座新房？

暑气消散，秋意渐浓，开学的日期一天天迫近。有一天，母亲说，小玲该去上学了。

二哥说，一个女娃子，读个初中都行了，上啥高中，上了也是白搭，有啥用？

我的眼泪，瞬间如雨般滚落。

父亲不说话，只是默默地抽着烟。

那时候，母亲身体不好，每天都要吃药，我和弟弟都上学，家里负担很重。我们村子里，像我这样大的女孩，不是在外面打工，就是在家里帮着父母务农。

那些天，父亲每天照例早出晚归，只是中午不再回来。我有些纳闷，问母亲，母亲说，你伯在窑厂里搬砖。

窑厂在离家三里多的一片松树林附近，是邻村的一个年轻后生开的。搬一块砖半分钱，一天下来，一个壮劳力能挣几十元。

父亲回来时，衣服总是像在染缸里浸泡过，涂满了红一块黑一块灰一块的颜色；两只枯枝般的大手，裂了一道道口子，有的口子上还渗出鲜红的血迹。看着这一切，我心如刀割般难受，暗暗想，算了吧，不读书了！

于是，我把书包远远地扔在一边，不再碰它。整日里，只是和父母一起，到田间地头劳作。回家后烧火做饭，喂猪养鸡，一心想减轻父母的重担。

但是，走在路上，看着那些背着书包、蹦蹦跳跳上学的孩子；在劳作的间隙，坐在田头休息的时候，看着白云悠悠地在天边飘过，一群群大雁，扇动着翅膀，从头顶划过时，我总忍不住泪水涟涟。别了，鲁迅、冰心、林徽因；别了，我的尊师挚友；别了，我的大学梦！

有一天晚上，吃过晚饭，我们摆了几把椅子，坐在院子里聊天。月色如水，星光满天，花坛里的金菊，吐露着阵阵幽香，四下里一片寂静，这真是一个迷人的秋季夜晚。

父亲难得地坐在了我身边的矮凳上，轻声说，小玲，你收拾一下，明天去上学。

如同晴天里打了一个霹雳，我全身都震悚了，心一下子怦怦跳动了起来。

我结结巴巴地说，家，家里不是没钱吗？

父亲说，学费已经凑够了，明天我骑自行车送你去上学。

如同茫茫大海中，看到了一盏灯塔，那一刻，我的心溢满了喜悦。但看着父亲那瘦削的面颊，我的心又隐隐痛了起来。

第二天，我起床后，看见那把二八自行车已经摆在院子当中，车后座的一侧系了一袋米，显然是要给我带到学校里去的。

我们吃了早饭，父亲骑上自行车，我坐在后座上，向学校的方向驶去。

路上有人问父亲，老张，你咋不坐车去呀？

父亲憨厚地嘿嘿一笑说，省点路费。

一路上，父亲吃力地蹬着嘎吱作响的自行车，汗珠不停地滚落。我坐在后座上，不能帮父亲一点忙，心里百感交集。几十里的路程，虽是平地，却也骑了好几个小时。

到学校时，已是正午，学生们放学了，校园里挤满了熙熙攘攘的身影。

父亲把粮食交到了食堂，兑换成饭票，交给我，看我找到班级，进了教室，方才离去。

这一幕，永远镌刻在我的记忆里，成为我漫漫人生道路上，永远的感动和不曾离去的温暖。

父亲每个月都会骑车给我送一趟粮食，回去的路经过城里，父亲便在城里的批发市场，进一些货回去，热集的时候，在街上卖。

在我上大学那年，家里盖起了一座二层楼房，屋里墙壁刷得雪白，外墙面贴了瓷砖，充满了现代时尚气息。

那时候，我的两个哥哥都在外面做事，我在学校上学，真不知道日益衰老的父亲，是如何把这一座宽敞气派的屋子，一点点盖起来的。

后来，在一次唠嗑中，母亲说，人啊，还是要多做好事，好人有好报。你爸能吃苦，舍得下力气，又实诚、热心。村里哪家有啥活，需要搭把手的，都喜欢喊他。你爸从不躲奸耍滑，随喊随到。我们家盖房子的时候，运砖呀、搬水泥呀、和石灰呀……人家也没少帮忙……

三

随着城市东进、社会飞速发展，襄阳高铁站在我的家乡落成了。高铁维修站就建在我们村子里，村里的大量田地被征用，房屋被拆迁。父亲的房子在推土机日夜隆隆的轰鸣声中，应声倒下。

新的宅基地划在村子前头的一片开阔地，按照拆迁的先后顺序，乡亲们依次在新宅基地上盖起了造型统一的两层小洋楼。小洋楼的后面带一个院子，用一色的青砖围起来。

楼房飞檐斗拱，造型别致，淡青色的瓷砖外墙，天蓝色的屋顶，明亮的白色大玻璃窗，黑色典雅的护栏，分外美观气派。房前屋后，统一修建了花圃，栽种了树木。光滑的水泥路面，四通八达。路灯像站岗的哨兵，沿路林立。

父亲的两层小洋楼在村子的最前排，房前屋后花木扶疏，绿树环合，衬得那两层楼房，越发光彩照人。

站在院子里往前看，远处是一片绿意盎然的麦地，西侧是一口波光粼粼的鱼塘。再往远处看，群山隐隐，碧水东流，景色清幽宜人，仿若置身画中。

我为父亲能住在这现代与传统完美融合的环境中而高兴。每到节假日，我们兄妹几个便带着孩子回去，一是看望父母，二是享受这世外桃源般的住所。

父亲在房子前面一块空地里，开了一小块菜园，里面种了各种时令菜蔬。后院里还养了十几只鸡，一只小花狗。

我们采摘新鲜的蔬菜，捡拾窝里的鸡蛋，做成美味可口的菜肴，味蕾里满是山野里清朗的气息。环顾着宽大的房间，雪白的四壁，精致的家具，我欣慰地想，这下父亲可以好好地安享晚年了！

谁知，父亲却不甘过这清闲安逸的日子，竟没有一天闲暇！

父亲先是在高铁维修站干一些杂活，后来维修站修建完工，父亲无活可干，又帮邻村地多的农户拔花生、摘棉花。我们兄妹几个都劝父亲，家里有吃有喝的，别四处干活了。

父亲只是嘿嘿一笑，轻声说，还做得动。

有一次回家，母亲说，你爸和村里几个年轻人到宜城打工去了。

我吃了一惊，宜城离我们这里一百多里，父亲怎么跑那么远干活？

赶紧给父亲打电话，一股脑问了许多问题，父亲的耳朵显然背了，我重复了好几遍，他才听清楚我的话，然后说，在这修路，一天干十个小时，干得了。吃得好，早上稀饭馒头咸菜，中午干饭，一大锅青菜萝卜，晚上面条。

我心里一阵酸涩，想劝父亲别干了，但知道只是徒劳。

转眼到了夏天，天气异常炎热，烈日似火，我们放了暑假，待在屋子里，窗户洞开，依然热浪袭人，非开空调不可。这个时候，村里几个和父亲一起打工的年轻人，早已回来了，而父亲依然坚守在工地。在露天干活，终日顶着烈日，一个七十四岁的老人，怎么受得了？

我又给父亲打电话，让父亲赶紧回来。父亲依然是那句话，干得了！

我知道劝说无济于事，便不再作声。

第二天，我开车百余里，来到了父亲干活的工地。这是一个前不着村后不着店的偏僻荒野，一条新铺的水泥路，从苍茫的群山深处，蜿蜒延伸到这里。在路左边不远的地方，有几间低矮的房子，大概是修路的农民工的宿舍。

已近正午时分，太阳像个火球，炙烤着大地。四野里没有一个行人，也没有树木，十几个农民工，在烈日的暴晒下，挥舞着铁锹挖土。其中一个头发灰白、身材精瘦、衣服湿透的老人，正是我的父亲。

"爸爸，"我低低地喊了一声，不知不觉，嗓子已有些哽咽。

父亲见了我，大吃一惊，忙丢下铁锹，蹒跚地向我走来。我才发现，不知何时，身材高大的父亲，如今已经干枯瘦小，萎缩得如同一枚核桃。

烈日射出根根利剑，刺得人皮肤生痛。没有一丝风，空气像要烧着了似的。父亲的脸、脖子、胳膊，晒得黑红黑红的。汗水像小溪流，顺着他刀削般的脸颊，不停地流淌。他就拿了那搭在肩上的毛巾，不时地揩一揩。

我把带来的水果、饮料全拿了出来。

父亲喝了一瓶冰红茶，然后提起袋子，把这些吃食，给工友们拿去了。

不久，午饭时间到了，我和父亲一起来到了他们的宿舍。

宿舍是用几块铁皮搭建的简易小棚屋，很低矮，里面并排摆放着几张铁板床，床上堆放着杂七杂八的东西。一些烂鞋子、塑料盆，摆得到处都是。几个红红绿绿的茶瓶，排了一溜。

宿舍前面的大篷子下，支着两口大锅，一个锅里蒸着白米饭，一个锅里炖着萝卜、白菜，夹杂着零星的几片肉。

开饭了，菜盛在两个大白瓷盆子里，十几个人围成一圈，每人一大碗米饭，有的坐矮凳，有的席地而坐，很大声地说着话。

看着如此恶劣的生活条件，我的心像针扎般难受。我对父亲说，天太热了！别干了！等天气凉快点再来！

父亲嘿嘿一笑，说，我干得了，没事！

父亲一生风里来雨里去，严寒酷暑，历经磨难，上山砍柴、下河摸鱼、犁田耙地、工地劳作，对他来说，这是生活的常态。他觉得能够干活，能创造价值，能为子女减轻负担，便是最大的幸福！

年底时，父亲拿到了辛苦打工挣得的二万多元，站在二层小洋楼前，对我说，听说你要买新房，这点钱，先拿去应急！

霎时，我愣住了。呆呆地站在那里，一时不知说什么好。

四

凑够钱后，我在东津世纪城买了一套新房，之所以在这里买，是为了住得与父母近一些。

房子交付后，我想请人装修。这时候，父亲说，别请人了，打墙、砌墙、铺地板这些活我都能做，再请你舅舅来装水电。

此时，我正在为不菲的装修费发愁，但让年迈的父亲干这些活，终究于心不忍，便拒绝了。

父亲坚持说，我干得了，请人瞎花钱。

第二天，父亲便带着锤子、砌刀等工具来了。

为了扩大厨房面积，厨房与储藏室之间的那一面墙需要打掉。父亲吸完一支烟后，便爬上高高的梯子，抡起那只铁锤，使劲地砸下去。一下，两下，三下……不久，屋子里便灰尘弥漫，墙砖缓缓地应声倒下。

在飞扬的尘烟中，父亲的头上、脸上、手上、衣服上，都落了一层细灰，父亲成了一个灰人。

我的心里很不是滋味。

父亲说，你赶紧上班去，我又没得别的事，慢慢做。

父亲不急不躁，今天砌一面墙，明天铺几块地板，后天运几车沙料，干得慢慢的、稳稳的。

父亲又请来了懂水电的舅舅，两个人边商量边干活，几个月后，硬是把我的那座新房子，装修得简洁、大气。不少人问我，你这房子装修花了多少钱？

我说，只花了点材料费。问者都不敢相信自己的耳朵，赞不绝口地说，你有个好父亲！

我又何尝不觉得父亲好呢？只是，在新房装修后不久，我明显地感觉到，父亲的脸颊更瘦削了，那极短而灰白的头发，更加稀疏了。

父亲真的老了。

父亲的黑土地

秋天是收获的季节，也是农人们最忙碌的时节。每到这个时候，我的父亲便终日在田间地头辛勤地劳作，拔花生、掰玉米、砍芝麻、收棉花……

七十二岁的父亲种了十八亩地，比村里很多年轻力壮的小伙子种的地都多。

我哥哥们很多年前离开了家乡到城里谋生，父亲便把他们的地都耕种起来，这一种就是几十年。随着父母年龄越来越大，我们一次次劝他们别种这么多地，但他们舍不得土地，舍不得地里的那点微薄收入。

近几年，我母亲身体越来越差，田地里的活基本上都落在了父亲一个人的肩上。虽然有一些现代化的生产工具劳作，但犁田耙地、肩挑背扛这些活，仍需要付出艰辛的体力，就算是一个青壮劳力未必耐得住磨，但父亲硬是一年年硬扛了下来。

为了给父亲帮一些忙，利用放假时间，我回到了老家。母亲说，你伯伯拔花生去了，于是，我赶忙向花生地走去。

秋日的乡村色彩斑斓，玉米已经褪去了青色的外套，换上了金色的外衣。稻子吐出一串串金黄的穗，谦逊地低下沉甸甸的头。绿中泛黄的花生叶匍匐在干涸的地上，等待着颗粒归仓。

在空旷的田野里，瘦小的父亲看起来像一个小小的匍匐的黑点，镶嵌在一片黄绿相间里。花白的头颅在夕阳的余光里，扎得我眼生疼。

看见我来了，父亲瘦削的脸上露出了欣慰的笑，像是绽开了一朵将要凋零的菊花。

父亲说，天干，好久没有下雨了，花生拔不起来，只能用镢头刨，有点慢。

我看到，父亲枯树皮般的手掌上，已磨出了许多水泡。

我赶紧抢起镢头，使劲地刨起来。花生秧应声倒地，金黄的花生一粒粒裸露出来。不久，我的手掌就磨出了水泡，一挨镢头就生疼，但仅仅刨出了席子大一块地方。我焦急起来，这样的速度，再干十天也不一定干得完啊！然而父亲并不着急，脸上挂着安详的笑，不紧不慢地弯着腰，拔起一棵棵花生秧。父亲已经习惯了各种艰辛而漫长的劳作。

不久，父亲想出了新的办法。他把专用拖拉机头卸了下来套上犁头，在花生地里一行行犁了起来。随着嘟嘟嘟的机器轰鸣，一片片花生秧应声倒地，黄澄澄的花生露了出来。这样一来，劳动效率果然大大提高，没多久，一块花生地就被父亲犁完了。

我暗自佩服父亲的劳动智慧。

接下来要把花生秧装进车运回家里，翻捡地上遗留的花生。我要回去上班，只有靠年迈的父亲一个人慢慢完成。

看着父亲那单薄又有点佝偻的身子在田间地头穿梭，我的眼睛湿润了。

我说，明年别再种地了吧，您也该歇歇了，我们兄妹几个养活你们。

父亲呵呵一笑，说，没事，还种得了地！

七十二岁的父亲依然舍不得陪伴了他一生的黑土地啊！

那并不富饶的黑土地，那让父亲得以安身立命的黑土地，那养育了世世代代庄稼人的黑土地，是父亲永远的牵挂和期冀啊！

怀念我的奶奶

最让我怀念的人，是我的奶奶。

我从记事起，就没有见过我的爷爷。爷爷去世早，是奶奶把我的大伯、父亲以及姑姑抚养成人。

我的大伯母在生下我三姐后，就去世了，大伯那时又在村小学校做炊事员，抚养三姐的任务就落在了奶奶的身上。

听我母亲说，那时，奶奶每天走东家跑西家，去求刚生过孩子的妇女，给三姐喂奶。实在没法了，奶奶就用小米熬汤喂三姐。在那个物质极匮乏的年代，奶奶硬把襁褓中的三姐喂养长大，抚养成人，多么不容易啊！

我的印象中，奶奶从来没有发过火，没有生过气，总是和颜悦色，慈眉善目。当我和几个姐姐谈起这点的时候，她们一致认为，奶奶是世界上脾气最好、最慈善的人。在我们村里，无论男女老少，都喜欢她。

一个人需要有多大的修养，才能从来不发火不生气呢？

小时候，我大多是在大伯家，和奶奶及几个姐姐一起度过的。

那时，我家里仅有几本课外读物，有段时间，每天晚上睡觉前，我总反反复复给奶奶和三姐读这几本书，她们听得津津有味。特别是奶奶，大字不识一个，总是面带微笑，听得极有兴味，有时候还做一些评论。我想，我的文学兴趣的萌芽，也许就是那时产生的吧！

有时，大伯会从学校带一些花生米回来，用纸包了，给我们吃。这时候，奶奶大多是不吃的，只让我和三姐吃，我们吃得满嘴喷香。

那个时候的冬天，我们穿的是奶奶用棉花缝制的厚厚的棉裤。坐在床上，自己脱下棉裤非常不便，每次睡觉前，坐在另一头的奶奶，就会为我和三姐拽棉裤腿。奶奶一边拽着棉裤腿，一边慈善地说，被子窝紧点呦！

记忆中的每一个夜晚，我们都是在这样温馨祥和的氛围中度过的。

尽管家庭条件并不富裕，但奶奶总是穿得干净利落。记忆中，奶奶只穿两种颜色：白色和黑色。

夏天，奶奶挽着整齐的发髻，穿着自己缝制的对襟白布衫，黑色的裤腿下端缠得细细的，三寸金莲上裹一双黑色的小脚布鞋，在院子里翻晒冬季的棉衣，翻晒粮仓里的小麦。

冬天，奶奶穿一身黑色的布衫和裤子，三寸金莲上着一双黑色的尖头布棉鞋。围着小火笼，缝补衣服。

只有在过年的时候，奶奶才有几天休闲时光。

一般是正月初五左右吧，那时，亲戚之间的走动已快结束，田地里农活也不多，正是清闲的时候。

于是，邻居的几个老奶奶便聚到了奶奶院子里，奶奶把长长的纸牌拿出来，搬了桌子凳子，几位老人围坐在一起，安安静静地玩起纸牌。阳光暖暖地洒在她们的身上，为她们镀上一层柔和的光芒，一切是那样的祥和与温馨。我想，那应该是奶奶一年中最舒适最惬意的时光吧。

说到祥和温馨的时光，我想到了和奶奶一起回她娘家的情景。

奶奶的娘家在方寨，离我们村子有十多里路，奶奶回娘家时，常常会把我们带上。

留在记忆中的情景，是我跟在奶奶身后，走过一条条乡间小路，跨过一条不大的河流，路上一些不知名的小花在风中摇曳，夕阳金色的光辉洒在身上，温暖而美好。

这个美好的片段，像一朵芬芳的浪花，点缀在我童年快乐流淌的河流中，我的记忆深处，泛着点点明亮温暖的光芒。

然而，在我上高中后，一向刚强的奶奶病倒了。我回家时，看见奶奶总是躺在床上，面容苍老而憔悴。但病中的奶奶从来不向大家诉说她的苦痛，从来不呻吟，不发脾气，只是静静地躺着，温和地说着话，生怕惊扰了我们。

我那时一个月放一次假，每次放假回来时，我都会用省吃俭用的钱，给病中的奶奶买点礼物。有时候是几根香蕉，有时候是一袋奶粉。看着奶奶躺在床上那蜡黄的脸，我总忍不住暗自流泪，总在心里幻想着，要是我上班就好了，就可以给奶奶买更多的东西了。

这种心情在我上大学后更加迫切，那时候我总想着快毕业，等拿了工资了，给奶奶买好多礼物。

就在我上大二时，有一次放假，我回家看望奶奶。奶奶那时候看起来似乎好了一些，可以坐在院子里和我说话。那时候三姐已经有好长时间没回家了（在给城里做生意的二姐帮忙），我想，奶奶的头发好久没有洗了，应该洗洗才好。于是，我说，奶奶，我给你洗洗头发吧！奶奶一生都是个爱干净的人，她高兴地说，好。

我们把水烧热，搬了凳子，在院子里，开始洗了起来。奶奶看起来挺高兴。但那时没有电吹风，无论多冷的天，农人们洗了头发，都是自然晾干，奶奶也不例外。

到了半夜的时候，大伯突然到我家，对我父亲说，奶奶快不行了。我们一家人慌慌张张地赶到了大伯家。

这时，奶奶已经不能说话，眼睛紧闭着，只有嘴和喉咙里，有微弱的气息，轻轻蠕动。

我不由得啜泣起来。

不久，地上铺了干草，奶奶被大伯他们抬到了干草上，脸上蒙了白布，我开始大哭起来。

奶奶，我一生中最和蔼最慈善的奶奶，就这样离我们而去了，就这样带着苦难带着隐忍带着满腔的慈爱，离我们而去了。

无数个夜里，我都会梦见我的奶奶，梦中的奶奶是那样苍老和脆弱，我迫切地要给她买各种东西，买最好的礼物，然而，醒来后，一切都成空，只留给我无尽的思念……

陪父母旅游

　　五一小长假，弟弟从湖南回来了，我们商议着一起旅行。弟弟说，带父母出去转转吧！他们很少正儿八经地出去游玩。

　　我欣然同意。父母都七十多岁了，一辈子勤扒苦做，养育儿女，难得有闲暇的时光，更别提出去旅游了。

　　我们商量在本市游玩，一是父母年龄大了，不习惯出远门。二是父母喂了一只狗、一只猫，还有几十只鸡，离开一两天还行，时间长了还不饿得鸡飞狗跳的。

　　我们计划先去本市五A级景区古隆中，然后再去离家近一点的景区鹿门寺。

　　我先给父亲打电话，说第二天带他们一起出去旅游。父亲连连说，不去，不去，我还要给菜地浇水。

　　我说，那后天去吧！

　　父亲说，不去，不去，后天到窑厂里搬砖。

　　我说，你都七十二岁了，搬啥砖啊？又不是没有钱用！就是搬砖，一天两天不去，又不碍事。

　　父亲还在电话那头拒绝着，我不等他说完，坚定地说，就这样决定了，你们明天把该干的活干完，我们后天回去接你们。

第三天早上，弟弟回去接来了父母，然后我们一起开车向古隆中驶去。

快到景区时，看见到处是密密麻麻的小汽车和摩肩接踵的人流，弟弟说，怕是不好找停车位呀！

果然一语中的，我们在景区附近转悠了很长时间，都找不到停车的地方。弟弟无奈地说，看来古隆中今天是游不成了，到附近的广德寺去看看吧！母亲听说"寺"，立即喜悦地说，是不是烧香拜佛的寺院呀！我说，是的。母亲高兴地说，就去那。

广德寺周围空旷，不用担心停车的问题。

母亲信佛，进了寺里，先点着了香，在大殿正中的弥勒佛像前虔诚地跪拜，然后又在各个佛像前一一仔细瞻仰，不停地赞叹说，真是威武呀！只要有垫子的地方，母亲必然会俯身叩拜，虔诚至极。父亲虽然没有像母亲那样顶礼膜拜，也很认真地烧香磕头。

出了广德寺，母亲的脸红扑扑的，兴奋之情溢于言表。我想，在这里应该比她到古隆中游玩更开心一些，我心里也暗自高兴。

见母亲如此喜欢寺院，我们又开车来到了真武山。

真武山是道教主流全真派圣地，山上建有真武庙，又有小武当之称。在这里，母亲依然虔心敬拜。在母亲心目中没有佛教与道教的区分，只要供奉着神像，她一律崇敬，觉得它们都是神圣不可侵犯的天神，都可以帮她完成美好的愿望。

从真武山下来，在小酒店吃了午饭，此时将近下午两点，我们决定去鹿门寺。

母亲说，又是寺庙吗？弟媳妇说，鹿门寺主要是孟浩然曾经生活过的地方。母亲没有听说过孟浩然，不解地问道，孟浩然是哪个？父亲说，浩然广场上那座大像就是孟浩然的塑像。弟弟微笑着说，孟浩然是唐代一个大诗人，我们从小都学习他的诗。母亲一脸崇拜地说，全国学生都读他的诗，真是了不起的人物啊！

到了鹿门寺，父母除了照例去寺庙祭拜外，更多的是饶有兴趣地观看庞公制药洞、浩然亭、三高祠等景点，父亲知道一些典故，不时地给母亲讲解。母亲听得津津有味，并不住地赞叹，这里的景色真好呀！

看见白发苍苍的父母游兴甚浓，我心里溢满了欣慰之情，同时，也滋生出了一丝愧疚和不安。多少个日子一天天流逝，我们虽然不是常出去旅游，却也去了不少景点，而很少想到带父母一起四处看看。虽然他们嘴里说，不喜欢旅游，有事走不开。其实，那是他们怕给儿女添麻烦，真正出来游玩后，他们又是多么的喜悦和满足啊！

也许，欣赏景区的美景，对他们来说还不是最快乐的事情。而享受和儿女一起出游的天伦之乐，以及儿女的这份孝心，才最令他们欣慰吧！

想到这里，我扭头对老公说，过天把你妈也带出来四处看看吧！老公赞同地点了点头。

跨年夜，我和母亲围坐在火炉旁，看一年一度的春晚。

母亲一边拨着炭火，一边说着闲话，重重复复的，都是些走过的旧时光。母亲在那些旧时光里沉醉。

十一点多的时候，外面鞭炮噼噼啪啪，此起彼伏地响了起来。继而是烟花冲向天空，"啪啪"炸裂的声音。

推开门望去，墨似的天空里，盛开着，大朵大朵的繁花，瞬间的璀璨，极致的炫美，把夜空晕染得美艳绝伦。

在这个远离城市的偏远小村，这样夺目的燃放烟花的盛事，也只有一年一度的跨年夜，方有。

每当燃起这样绚烂的烟花时，就意味着，旧的一年已经远离，新的一年翩然而至。我们又跨过了一个岁月的年轮，朝着时光的纵深处迈进。

想起晚餐时，妹妹的一句话，怎么又坐在一起吃团年饭了？去年吃团年饭，仿佛就在昨天啊！

于是，大家一阵唏嘘，感慨时光匆匆，逝者如斯夫，不舍昼夜！

的确，时间是一只藏在黑暗中的无声的手，在你一出神一恍惚之间，物换星移啊！

而什么又能证明，我们曾经走过这一年呢？或者说，我们又是用什么，在记录时间呢？

细细想来：

苏轼写"大江东去，浪淘尽，千古风流人物"的时候，不是在记录时间吗？老树每天在微博上上传一幅画，不是在记录时间吗？而林清玄每日写三千字的文章，不也是在记录时间吗？

而我呢？这一年，我又用什么在记录时间呢？我竭力思索，似乎一切如过眼云烟，不留痕迹。心里便有点儿怅怅的。

又一细想，其实也没有白过，也读过几本书，写过几篇文章，交了几个朋友，心里便有了些释然。

回到屋里，母亲又打开了话匣子：

你知道吗？腊月二十几的，对门那个阎嫂子去世了，中午还好好的，吃了饭和人打麻将，刚打了一圈，突然倒下，就没气了。到医院里抢救了两天，还是枉然。

岁月无情啊，母亲轻叹。

心里面猛然一惊，这样围炉夜话，与母亲相守的时光，一生中还能有几回呢？

母亲的头发如霜花点染，瘦小的身影，在灯光里，仿佛涂上了一层金粉。

想起中午，在暖阳下，为母亲剪发时，母亲说，这以后，指望你了。

在岁月的年轮中，母亲早已走过她的花木葱茏，回到生命的最初，如孩童一般，依恋着我。

电视里，新年的钟声如期敲响。我知道，应珍惜和母亲相处的每一寸光阴。

盛夏的棉花地

　　高二那年暑假，整个七月，从早到晚，我和母亲都在棉花地里忙碌。

　　母亲是村里公认的种棉高手，她种棉的秘诀全在打尖和打芽上。她挂在嘴边的一句话是："棉花不打尖，长得顶破天；棉花不打芽，光长柴禾架。"只有打去棉花尖和赘芽，才能保证棉株有充足的养分，结的棉桃又大又多。

　　我家种了七八亩棉花，棵棵齐腰深，枝繁叶茂，枝丫上的赘芽像比赛似的，不断地往出蹿、向上长。往往这一块棉花地的赘芽刚打完，另一块地里的棉株又长出了新赘芽。"棉花出苗日日忙，地头地边无空闲。"说的就是棉农侍弄棉花的辛劳。

　　七月的阳光，灼热似火，我和母亲钻在齐腰深的棉田里，俯着身子，一棵挨一棵地打赘芽。棉花地像蒸笼一般，酷热难耐。母亲戴着破旧发黄的草帽，几缕头发从帽檐下挤出来，像一丛丛灰白的稻草。她似乎忘记了酷热，任凭汗水浸透衣服，汗珠小溪流般不住滚落，仍不疾不徐、不声不响地低头劳作着，只听见赘芽被片片打掉的咔咔声。我的心里却像烧着了一盆火，焦灼不安，不住地擦着汗，不时地抬头看看前方，盼着赶紧完工，可棉花地那么长、那么宽，总到不了尽头。

好不容易把一块地里的赘芽打完，太阳早已没入地平线，暮色笼罩了四野，村子的上空炊烟缭绕，农人们荷锄而归，牛儿哞哞地叫着向村里走去。这时，母亲又提起镰刀，猫着腰，刷刷刷地割起了猪草。

当我们提着一竹筐青草，踏上回家的归程时，月亮早已挂在了天边，星星在快活地眨着眼睛。

回家后，做饭，洗碗，喂猪，喂鸡，我们在皎洁的月光下，悄无声息地忙碌着。等一切收拾妥当，上床休息时，月亮已爬到了我的卧室窗棂的上方。此时，我浑身像散了架，酸软无力，很快进入了梦乡。

第二天，一睁开眼，新的一天的劳作又开始了。

整个暑假，一天又一天，我就是在这种周而复始的劳动中度过的。

劳动的艰辛，生活的贫困，精神的匮乏，滋生了我改变命运的念头，这种念头在心底迅速膨胀，不可遏制地占据了我的整个身心。我知道，只有知识能够改变命运，不好好学习，永远没有出路。

漫长而又炎热的七月结束了。八月，我迎来了高三的学习生活。八月一号那天，我背起行囊，带上了父亲给的学杂费和生活费，来到了学校。

或许是高二期末考试排名倒数的缘故，我被分在了倒数第二排靠窗的座位。我的周围是几个调皮的男生。他们上课肆意地说笑，不背书，不写作业。他们不像学生，更像社会上的闲杂人员，游手好闲。以前的我，又何尝不是他们这样呢？

曾经，我暗暗地喜欢一个男生，把学习抛到九霄云外，经常和几个同样不爱学习的女生逛街、追星、溜到河边散步。

现在，我蓦然醒悟了。如同一只长期冬眠的虫子，在明媚的春光里，一下子苏醒了，知道了前行的方向。

每一节课，我都认真听讲，认真做笔记。虽然高一高二两年我各科都考不及格，奇怪的是，现在，我竟然能够听懂老师讲的知识点，会做每一道练习题。我从来没有像现在这样，如此主动、如此投入地去学习，如饥似渴地吸收着每一个知识点，如同一个饥饿的人扑在面包上一样。甚至课间休息，走在通往厕所的路上，我也会温习一下刚学过的知识。

"第一次鸦片战争开放的主要沿海城市是广州、厦门、福州、宁波、上海……"

我一个人默默走在鹅卵石铺就的小道上，轻声地背着刚学的历史。彼时，高大的香樟树，投下长长的影子；金色的菊花，吐露着清幽的芬芳；三三两两的同学，说说笑笑，与我擦肩而过，但这些没有闯入我的心海，我的整个身心徜徉在知识的海洋里。

晚上九点，下自习的清脆铃声在校园里骤然响起。我拿上书本，脚步轻盈地走回寝室。洗漱完毕，爬上床，翻几页书，预习一下明天的课程。

熄灯的铃声响了，老师查寝室来了，同学们都噤了声，四下里静悄悄的，只有老师的鞋跟敲打着地面发出的笃笃声。望着窗外的那轮明月，我的头脑中浮现出了那片望不到尽头的棉花地，如一汪绿色的海洋，母亲戴着草帽，低着头，在这片绿海里起起伏伏……

我默默地告诉自己，除了努力，别无出路！我把白天学过的知识像放电影似的，在大脑里又回顾一遍……不知不觉中，睡意袭来，沉沉地进入了梦乡。

每一天，我都是在这种忙碌而又充实的学习中度过，我发现，投入地去学习，沉浸其中，每一天都能有收获，真是一件无比快乐的事情！

多年后，我读到梁启超的《敬业与乐业》中的"苦乐全在于主观的心，而不在于客观的事"几句话时，深深地起了共鸣。是啊，学习的快乐与痛苦，全在于自己的主观感受。如果我们能够把学习知识当成一件快乐的事情，沉浸其中，享受过程，是多么的幸运、多么的幸福啊！

十月，我们迎来了高三的第一次大考——期中考试。很快，考试结果出来了，破天荒地，我竟取得了全班第一名、年级第二名的优异成绩！

班主任第一次把目光长长久久地聚焦在我身上。她不明白，分班时成绩极差的一只丑小鸭，在短短几个月时间，竟一下子变成了出类拔萃的白天鹅！她用惊异而又喜悦的目光打量我，并把我的座位调到了正数第二排。

我一如既往地用心学习。虽然在复习阶段，因为之前遗漏的知识点太多，学习的时候相当吃力，但我迎难而上、从不懈怠。第二年，我如愿以偿地考上了一所师范院校。

毕业后，我成了一名光荣的人民教师。每天，看着孩子们朝气蓬勃、纯真无邪的笑脸，看着孩子们掌握了一个个知识、明白了一个个道理，我总是无比欣慰和快乐。我深深地热爱孩子、热爱我的工作。也因为这份热爱，我的生活中弥漫着纯真的善意和春天般的温暖。

这一切，都应该感谢那个热气腾腾的棉花地，感谢高三那年的不懈努力啊！

天道酬勤。每一个努力进取的人，都会迎来美好的明天。

任何时候努力奋斗，都不晚。

一声问候

　　原来，我的电话大多打给朋友们，说一些家长里短，以及一些不着边际的话。如今，我的电话越来越多的是打给父母了。家里只有父母两个人，不知道他们过得怎么样。我想问　问母亲的病如何了，父亲在忙啥，他们每天都吃什么……

　　真的，随着年龄的增长，眷念父母的心越来越浓烈了，越来越觉得父母是自己生命中最该感恩最该报答的人。父母一生都在为儿女们操劳，把自己的一切都毫无保留地奉献给儿女，自己却不曾吃好穿好，而如今年龄越来越大，依然每天起早摸黑地劳作着，子女却都不在身边，他们的寂寞与孤苦是可想而知的。

　　于是，过不了几天，我便会给家里打个电话，和父母聊聊天，了解他们的近况。听了他们的唠叨，心里便会踏实而安稳。

　　母亲身体不好，每天都要吃药，忍受着疾病的折磨。父亲爱劳动，闲不住，每天都勤扒苦做，不肯有一时闲暇。他们的身上闪烁着中国劳动人民最本色的品质——吃苦耐劳，任劳任怨，勤俭节约。

　　最近连续几次的电话，都是母亲接的，母亲絮叨着她遭受的折磨，我静静倾听，并予以安慰。我问父亲在干什么，有几次说是已经睡了，还有一次是出去干活了。这时候，我心里便有些失落，因为，我很想和父亲说说话，尽管父亲是一个不善言谈的人。

母亲在电话那头说，有啥事我给他转达。我说，算了，过天我再打给他。我要亲自嘱咐父亲，要保重身体，注意营养，不要太劳累。尽管我知道父亲依然不会闲下来，依然不会大手大脚地花钱。但是，我要让父亲知道女儿对他的关心，对他的嘱咐，对他深厚的爱。

如果你不能常回家看看，请一定不要吝惜你的电话，轻轻地一声问候，也是对父母爱的表达。

话短情长

午休时，手机突然响了，是三姐打来的。

三姐在多年前远嫁到河南，因为种种原因，离了婚，孤身一人回到了襄阳。在饭馆里洗碗，在工地上做饭，在农忙时帮人拔花生、摘棉花……只要做得动的活，三姐都干。五十出头的三姐，头发早已花白。在这疫情肆虐的时期，三姐过得还好吗？

因为不放心三姐，前天，我给她打了个电话，但是，没有人接。这倒也不太奇怪，没有文化的三姐，手机经常打不通，不是欠费停机，就是没有充电。没想到，今天三姐竟打了过来。

"三姐，还好吗？"

"还好，天天待在家里。"

"蔬菜、粮食呀这些生活用品每天都有吗？"

"都有。"

几句寒暄，知道了彼此安好，心里便多了一份踏实和安稳。

2020年的新年前后，一场罕见的病毒席卷而来，每天都有生命受到侵袭，每天都在上演生离死别，阴云笼罩在神州大地的每一个角落，亿万华人的心，随着每一天的疫情而颤动，疼痛。

蜗居在家里的我，密切关注着全国乃至全世界的疫情，一颗心，随着疫情的发展变化，起起落落。

每天宅在家里，空前地知道了工作是多么有意义，自由是多么的重要。这个时候，电话用得频繁起来。每隔几天，亲朋好友间打个电话，互相问个好，拉拉家常。

以前不常联系的亲朋好友，在这个特殊时期，在电话里，都会异常亲切，有说不完的话，聊饮食、聊孩子教育、聊心情感受……

每隔几天，给父母打个电话，知道母亲每天吃的药，由村干部代买，便放了心。给四娘打电话，知道在武汉工作的妹妹年前就回来了，一家人都好，甚是欣慰。又给同学打电话，有的每天都在上班，连轴转，很辛苦；有的说吃了睡睡了吃，长胖了；有的说待得好无聊……

从来没有觉得，打电话是如此有意义，如此不可或缺，如此令人心安。

窗外，阳光明媚而温柔，远处淡黄色的油菜花，安闲而柔媚，襄阳已经连续多天零新增确诊，美好的春天正姗姗而来。

给父母理发

我虽然不是理发师，却有上十年的理发经历。我的理发对象有两个——我的母亲和父亲。

我的母亲今年七十七岁，满头银发。年轻的时候，母亲扎一条又黑又粗的辫子，拖在脑后。年岁渐长，母亲把辫子剪了，留一头短发。

母亲的短发大多是自己剪的，乱糟糟的，没有造型。我曾劝她去理发店理发，母亲拒绝了。她的膝关节不好，不愿意多走路，更不愿意花钱。于是，我只好操起剪刀，给母亲理发。

第一次理发时，面对着母亲的满头银发，我一时不知如何下手。我手握剪刀，想象着理发师给顾客理发的情景，试着用梳子挑起一绺头发，齐齐地剪下去。再挑起一绺头发，齐齐地剪下去。从前额到后脑勺，依次剪下来，母亲的头发越来越短，越来越短，最后，只有几寸长的头发覆在头顶，像顶了一个花白的锅盖。母亲拿着镜子照了照，说，咋像小秃子样？我心里涌起一阵歉意，忙安慰道，天太热，短了凉快。

为了提高剪发技艺，我就在网上学习剪发教程。还别说，经过认真钻研，我终于琢磨出了理发的技巧。给母亲剪发越来越得心应手了。

待母亲洗了头发，坐在院里的大枣树前，我便给母亲围好围兜，开始剪发了。先确定一个圆形分区，然后低角度 15 度向前提拉，再把头帘剪一剪……剪完后，母亲精神干练多了，拿起镜子照照，嘴角上扬，乐滋滋的，不住地夸道，好，好，闺女没白养呀！我的母亲就是这样容易满足。

最近，我又开始给我父亲理发了。

以前，父亲的头发一直是由村里的剃头匠隔一段时间上门理。前段时间，疫情肆虐，父亲不幸患了重症肺炎，住了近一个月医院。出院后，我把父亲接到家里，照顾他的饮食起居。第二天，父亲说头发长了，想上街理发。我便搀着年近八旬的父亲，向理发店走去。谁知刚过马路，父亲就开始喘息起来，再往前走几步，父亲的喘息声愈加剧烈了，只得无奈地说：风尖得很，回去算了！

我知道父亲还在恢复期，不宜出门。便在网上买了个电动理发器，给父亲理发。父亲的头发花白、稀疏，用理发器很快就推完了。理完发后，父亲用手摸了摸近乎光溜的头皮，高兴地笑了。

孟子说："惟孝顺父母，可以解忧。"在为父母理发的过程中，看见那一寸寸掉落的碎发，看见老人脸上满足愉悦的笑容，我的心里就会腾起温情的细浪，心里充满了欢欣。

生命中的
河流

一

那是横亘在两个村子中间的一条河流，高高的河堤，由土黄色的泥巴堆积而成。河堤中间一道沟壑，被踩出一条光滑坚硬的泥巴路，通往河边。

河上没有桥，过河的工具是一艘不大的船。撑船的是个老者，黝黑干瘦，苍颜白发，面色沉郁。河的两岸往往站着三五个等候过河的人，老者便撑着竹篙，把小船划来划去，一遍遍地把人送来送往。

那条河是到我舅奶奶家的必经之路，我曾多次跟着奶奶，上了船，渡过河，就到了我舅奶奶的家。

舅奶奶家前后有几间瓦房，围成一个小小的院落。后面的三间房子是主屋，堂屋里挂着毛主席像，靠墙摆着一个四方圆桌，几把木椅子。前面的三间房子低矮得多，两边各有一个房间，中间留一过道。舅奶奶就住在西边屋子里。那里摆着一张木床，一床被褥和几件杂物，记忆中，舅奶奶终日躺在床上，或是倚靠在床头，戴一顶黑帽，不停地咳嗽、喘息，喉咙里发出嘶嘶的声音。

奶奶穿着蓝衣黑裤，头上挽个髻，面容清瘦，动作利落。她坐在舅奶奶的床前，和舅奶奶低声拉着家常，或是起身给舅奶奶递一杯水。

以前，奶奶经常带着三姐（我大伯的三女儿）来，随着三姐年龄逐渐增长，她便不随奶奶来了。

大伯家有三个女儿，大姐、二姐都已出嫁，三姐便要留在家里招上门女婿。一年又一年，三姐相了很多次亲，却没有一个中意的。快到三十岁上，奶奶急了，要三姐不要挑剔，三姐便流着泪，气鼓鼓地说，全都是些猪不啃的南瓜相！一个比一个丑！

也别说，不是丑或笨或家里太穷，好端端的小伙子，谁愿意当上门女婿？

三十岁这年，三姐决定投靠到城里做小买卖的二姐那，看能不能在城里碰上一段姻缘。这时，奶奶年事已高，体弱多病，又操劳三姐，很少到舅奶奶家去了。

终于，奶奶还是决定回一次娘家。

那是一个夏末的早晨，天刚放亮，东方涂抹着几道绚丽的彩霞，我和奶奶相携着向河边走去。

奶奶拄着拐杖，走得很慢，微微喘息。我一心想瞅见那条河，过了河，舅奶奶家也就到了。

日头约莫两竿高的时候，我们来到了河边。此时，渡船上站了三四个人，正欲开船。老船夫高声说："老嫂子，过细点（注意安全）呦！"

我扶奶奶小心翼翼地上了船，奶奶从搭在胳膊上的提包里，抖抖索索地掏出一把干豇豆，递给老船夫，说："大兄弟，这是自家晒的一把干豇豆，你莫嫌弃，拿去下酒！"

老船夫接过干豇豆，默默地放在船头，揉一揉浑浊的眼睛。他的眼睛湿湿的，不知道是泪，还是别的什么。

那时，舅奶奶早已不在了，舅爷爷的腰也弯得像个虾米。奶奶和舅爷爷并排坐在洒满阳光的院子里，拐杖倚靠在他们怀里，他们安详得像两个古画中的人。院子里静悄悄的，只有不远处的河水，喧腾着奔向远方。

二

"一条大河，波浪宽，风吹稻花香两岸……"这首《我的祖国》，常常令我心潮澎湃、热泪长流。

初唱这首歌，是我读初一的时候。

我们的学校是一所新建的校园，是我们乡镇上唯一一所重点中学，我们是学校招收的第一届学生。能考入这所中学的，都是各小学期末考试中，成绩拔尖的学生。

初来乍到，感觉一切都是那么新鲜。一切都是崭新的：高大美观的教学楼，波光粼粼的池塘，迎风吹拂的垂柳，宽阔光滑的操场，鲜艳醒目的宣传标语、丰盛美味的饭菜……这在当时，那些偏远的农村中学是不能媲美的。

更为令人欣喜的是，这所学校的教师队伍和办学理念，都是全新的。

我们的老师，大都刚刚踏出师范的大门，他们年轻，富有朝气和活力，知识丰富，教学理念新颖，和我们能够很好地沟通和交流。

我们的校长，是一个博学睿智、富有创新精神的中年人。他注重我们文化课的学习，也注重给我们创设丰富多彩的业余生活。

在紧张的学习之余，学校定期组织我们出去爬山、游古隆中、到烈士塔扫墓、去野外勤工俭学（拾麦穗、拾稻穗）。在中秋节、国庆节这样的传统节日，学校必举行文艺汇演（我曾多次上台唱过歌）。最难忘的是，有一个时期，学校晚上经常放电影。

常常在晚自习，学校组织全校师生在操场上观看电影。像《妈妈再爱我一次》《鲁冰花》《城南旧事》等电影，就是在那个时候走入了我们的视线。由于学校经常晚上放电影，引得附近的许多村民翻院墙来学校观看。后来，校长为了掩人耳目，先让我们在寝室里熄灯睡一会儿觉，再起来看电影。正当大家迷迷糊糊睡着的时候，老师突然在寝室门口喊，快起来，看电影了！

我们顿时睡意全消，一骨碌爬起来，迅速穿戴整齐，瞬间涌向操场。此时，电影屏幕已经高高挂起，校长和放映员站在前面，笑眯眯地看着我们。不久，电影放映了，整个操场鸦雀无声。当"世上只有妈妈好"的歌声响起时，操场上一阵阵啜泣，我早已泪落如雨，泣不成声。

这一幕，永远镌刻在我记忆深处，成为一道不能抹去的亮丽的风景。

于是，我觉得，真正的教育，一定是学生身心受益、终生难忘、启迪学生心智的教育。

那个时候，我们还进行了红歌比赛。有一周的时间，我们的课堂上，只是学唱红歌。《团结就是力量》《没有共产党就没有新中国》《歌唱祖国》《在希望的田野上》……一首又一首的红歌，在整个校园里飘荡。嘹亮悠扬的歌声，催人奋进的歌词，润泽着我们的心田，激发着我们昂扬向上的精神面貌。

《我的祖国》这首歌，是我们班参赛的歌曲之一。班主任王老师告诉我们，这首歌是电影《上甘岭》的主题曲，当电影中的那位女卫生员王兰在坑道里为重伤员深情演唱这首歌时，他失声痛哭。他动情地说，这首歌让他充满了对祖国的赤诚热爱，我们的祖国，到处都有和平的阳光。

从此，伴着一条大河的悠扬歌声，我度过了一个又一个忙碌而又充实的日子。上甘岭战役中战士们团结协作、顽强拼搏的精神，对祖国深厚而热切的爱恋，深深地滋养着我的心灵。我知道，我必须用勤奋的双手、不息的斗志，去浇灌我心中那条永远奔涌的河流。

三

工作后，我在城里安家，每天都能望见把襄阳城一分为二的汉江。

清晨，迎着灿烂的朝霞，人们陆陆续续地来到汉江边，在堤上跑步，在江畔做操，在河里游泳。也可以什么都不做，只是默默地坐在岸边，面对一江碧水，静心、冥思，一颗心变得澄澈、透明。当夕阳的余晖染红了西边天的时候，江畔就沸腾起来。江面上飘荡着五彩缤纷的游泳圈、或隐或现着大大小小的头颅。河堤上穿梭着来来往往的游人，欢声笑语在汉江上空久久荡漾。汉江长三千余里，襄阳位于汉水的中游。它的源头又在哪里呢？去年金秋，我有幸跟着襄阳市作协采风团一行，逆汉水而上，经十堰，至安康，抵汉中。在陕西省汉中市宁强县境内，终于见到了心心念念的母亲河的源头，它发端于秦岭南麓的深山峡谷之中，像一条飞流直下的瀑布，从高空跌落下来，溅起朵朵银白的浪花。

当看到镌刻在巨石上的"汉江源"三个红色的大字时，我再也抑制不住激动的心情，泪水不禁簌簌滚落。我们采撷这里红红的树叶，捡拾美丽的石头，捉几尾游动的小鱼，拍照留念，把母亲河的源头永远留存在记忆里。今年夏天，我和几个朋友，泛舟游览了汉江国家湿地公园。曾经，这里的小岛上，养有鸡鸭鹅，小餐馆遍布，环境受到污染。为了打造碧水蓝天宜居环境。有关部门进行禁渔退捕、"两非"整治一系列保护汉江的措施，汉江湿地的生态环境得到极大的改善，鸟类数量在逐年增加。

天高地迥，微风轻拂。我们乘坐的快艇缓缓地在碧绿的江面上滑行。不时有水鸟在我们身边盘旋飞翔，同行的老胡不断地给我们介绍着这些水鸟的名字：鸊鷉、长嘴鸭、金腰燕、白骨顶……老胡说，在汉江湿地公园，目前发现了 202 种鸟类，包括青头潜鸭等 4 种国家一级保护动物和鸳鸯、花脸鸭等 4 种国家二级保护动物。他因为每天都在水上巡视，已经和这些鸟结下了深厚的友谊。一座座岛屿在我们眼前徐徐展开美丽的画卷。岛上树木高大茂盛，青草绵密细嫩，点缀着各种娇艳的野花。映着碧水蓝天，这里真是一个美丽的世外桃源。我们的母亲河，是愈发的明丽动人了！

汪峰在《河流》中唱道："这么多年我竟然一直在寻找，找那条流淌在心中的河流。我知道也许它不在任何地方，或是就在我心底最疼痛的故乡。"我不懂，他的故乡为何会那么"疼痛"；对于河流，我也不用去寻找，它们一直都在，在我心中最柔软最温暖的地方，奔腾不息，浇灌着我生命的绿洲。

养猪记

一

20 世纪八九十年代，在我们鄂西北农村，家家户户都养猪。

我家常年养的是一头老母猪。这头老母猪体格健壮高大，特能吃。只要人一接近猪圈，它便哼哼起来，似乎在说，饿了饿了。由于父母忙于地里的农活，喂猪的活计，便落在年幼的我身上。

洗碗水、洗锅水、剩饭菜再加一瓢糠，就是猪的食物了。刚把猪食倒进猪槽，母猪便猛扑过来，"嗒嗒嗒"地一阵狼吞虎咽，风卷残云般，槽里那点饭粒，早已精光。然后，抬起圆滚滚的头，瞪着黑豆般的眼睛望向我，哼哼哼地叫个不停。我把瓢里的糠倒进猪槽，还没来得及拿棍子搅和一下，母猪就迫不及待地"嗒嗒嗒"吞食，头一拱一拱的，任凭我用和食棍怎么赶都赶不开。三下两下，那点糠就被母猪吞进了肚里。接着，它又抬起头，可怜巴巴地看着我，哼哼个不停，一副总是吃不饱的模样。

"没有了！"我爱莫能助地说，然后转身离开。唉，就这点食物，怎么能填饱它那几乎要拖到地上的大肚囊呢？

解决猪食匮乏的唯一办法，就是割猪草。

每天放学后，我和村里几个年龄相仿的女孩，都会结伴去割猪草。我们挎着竹筐，握着镰刀，向田野里走去。蓝莹莹的天幕下，一块块的麦地，一垄垄的红薯秧里，夹杂着数不清的嫩油油的野草。猪最爱吃的有苜蓿、黑麦草、刺菜……我们弯着腰，头不抬，手不停，飞速地把一棵棵猪草剜起来，放入竹筐里。天高地迥，清风柔和，我们边剜猪草边说说笑笑，欢快的笑声在四野飘荡。同时，一种暗暗的较量，也在悄无声息地进行，每个人都憋着一股劲，不时看看别人筐里的猪草，希望自己筐子里的草鼓得更高一些。

当太阳跌入地平线，暮色渐渐四起，村子的上空袅娜着乳白色的炊烟时，我们的竹筐里已装满了猪草。于是，几个女孩收起镰刀，挎起竹筐，哼着歌谣，迈着轻快的步伐，往回走。

刚踏进院子，还未放下竹筐，母猪已经像等了一个世纪般，两只前腿趴在猪圈上，昂着头，望着猪草，两眼放光，哼哼不止。

把嫩绿的猪草撒在猪圈里，顺便也给院子里的鸡们抓几把，母猪欢快地大口咀嚼，鸡也咯咯咯地啄食，牛在圈里哞哞哞地叫着。整个小院里涌动着欢快的气息。

院子里，洁白的槐花盛开了，粉白粉白的，一串串，芳香四溢。母猪的肚子也越来越大，快要生小猪崽了。

一天早上，我正准备上学时，看见母猪横卧在槐树下，身边挤满了密密麻麻的小猪，正哼哼唧唧地吮吸着母猪饱胀的奶头。

原来，昨天夜里，母猪竟生了十二头小猪崽！难怪母亲的脸上，含着浓得化不开的笑意。

小猪崽很快就满月了。

一个阳光明媚的上午，父亲决定赶集卖猪崽。

一大早，我和父亲吃过母亲烙的锅盔，喝了南瓜汤，就上路了。父亲拉着板车，我在后面推着，小猪崽在车上哼哼着。等太阳跃出地平线，射出万丈霞光时，我们已经赶到了十多里外的集市。

在牛行附近，父亲拣了块空地，支起车子，开始卖猪仔。

当我们卖完最后一只小猪仔时，太阳已偏西。父亲的脸被太阳晒得黑里透红，眉眼里充溢着欢喜的神色。他说，天热了，给你买双凉鞋吧！

我喜出望外。

犹记得，那是一双粉红色的凉鞋，鞋头上各有一条吐着水泡的金鱼。我穿在脚上，感觉步子轻快极了，好像身子在蓝天上悠游，心快乐地要飞出胸膛。

二

小学毕业后，我在离家十几里的镇上读初中。这是一所新建的学校：高大宽敞的教学楼，干净清洁的食堂，鲜花盛开的花园，水波粼粼的池塘，一切都是那么赏心悦目。这在当时我们那个偏远的乡镇，是办学条件最好的学校。最特别

的是，我们学校还养猪。

食堂后面的一排矮矮的棚子，就是猪舍。每个猪舍之间，用一道矮墙隔开，分成一个一个的小方格，分别喂养着每个班级的猪。

猪由班主任购买、同学们轮流喂养。猪食来自学生们的剩饭剩菜。

到吃饭的时候，当天负责喂猪的两名同学便把潲水桶拎到食堂门口。我们则散在食堂周围吃饭（当时食堂里没有饭厅）。吃完饭，我们把剩饭菜、残汤汁倒入潲水桶里，负责喂猪的同学再把这些残羹剩汁倒

进猪槽。

一次，轮到我和李梅喂猪。那天晚上，天空聚集着大片大片的阴云，不久，就下起了豆大的雨点，砸得窗玻璃噼噼啪啪作响。男同学们勇敢地钻进雨雾中，冲到食堂里打饭。女同学们则瑟缩在教室里，不肯下楼。

因为有喂猪的任务，我和李梅也冲进了雨中。好在，不久，雨点越来越小了，但吃饭的人还是不多。眼看着食堂门口快没人了，我们的潲水桶里仅有浅浅的一点剩饭。想着那两头嗷嗷待哺的肥猪，我和李梅决定给猪打饭。

那时候我们都是在家里带粮食，然后交到食堂，食堂过完秤，兑换成饭票。女生们每餐二两饭票即能吃饱。

我和李梅各自拿出半斤饭票，给猪买了半桶稀米粥。我们抬着潲水桶，在淅淅沥沥的细雨中，来到了猪舍。两只大肥猪一见到我们，立即奔至猪槽前，嗷嗷嗷地狂叫起来。

我们刚把潲水倒进猪槽，两头猪就头碰着头、你争我抢地吃了起来。看着它们把槽底舔得干干净净，肚子吃得圆溜溜的，我们才离开。

一分辛劳一分收获。

每年的"五一"劳动节和"十一"国庆节，学校便会杀猪，准备丰盛的饭菜，犒劳同学们养猪的辛苦，我们叫"加餐"（免费的、丰盛的午餐）。

这是我们最开心的日子，比过年还要热闹，整个校园都洋溢着浓浓的节日氛围，欢声笑语响彻校园上空，汇聚成一片欢乐的海洋。

这天，食堂里的肉香飘散得很远很远，笼罩在校园的上空，勾得我们肚里的馋虫蠢蠢欲动。

我们不用拿着饭钵到食堂打饭。老师早就以组为单位，给我们划定了若干就餐小组。

放学铃声一响，我们便潮水般涌向食堂。我们每小组端两盆菜、一盆米饭，在食堂前面的小花园里，围坐在一起吃饭。

白白的瓷盆里，盛着香喷喷的杂骨炖土豆、五花肉焖山药、脆生生的绿豆芽、可口的白菜煎豆腐。我们就像饿了一个世纪的小猪，狼吞虎咽地大快朵颐。此时，天朗气清，阳光普照，月季花开得正艳，蝴蝶在花圃中轻盈地飞来飞去，幽幽的清风，送来阵阵花的芬芳，我们的欢声笑语，在校园上空回荡。啊，多么欢乐的聚餐，多么难忘的盛宴啊！

若干年后，当读到鲁迅《社戏》中的"真的，一直到现在，我实在再没有吃到那夜似的好豆，也不再看到那夜似的好戏了"几句话时，引起了我深深地共鸣。我觉得，时至今日，我真的再没有吃到那样的好菜，也不再感受到那份独有的欢乐了。

三

上班后，我又有一段时间养猪的经历。

大学毕业后，我被分配到了读初中时的母校上班，真没想到，我的母校依然秉承着养猪的传统，食堂后那一溜猪舍，依然完好无损，猪圈里的猪，虽然换了一茬又一茬，依然健壮肥硕。

作为班主任，我也担负起了养猪的任务。这是学校给每位班主任的一份福利，也是一份责任。

对于一个刚走出大学校门的年轻教师来说，喂猪真不是一件容易的事。好在有我父亲帮忙，多少减轻了一点养猪的负担。

金秋的一个上午，父亲用三轮车运来了五头小猪。每头小猪二三十斤重，圆滚滚的，很可爱。

谁知，两天后，竟然出现了令人伤心的一幕。

那是雨后初霁的一个早上，下了自习，我来到猪舍，发现两头最小的猪，身体僵硬，直挺挺地倒在湿淋淋的地板上。我心里一紧，忙跳进猪圈，用手摸了摸，两只猪已经停止了呼吸。

昨天还鲜活的生命，此刻却躺在冷冰冰的地板上，不再动弹，悲伤瞬间弥漫了我的全身，眼泪不禁簌簌地流了下来。

父亲来了，他自责自己眼力见不行，买了两头病猪。然后黯然地把死去的小猪运走了。

再后来，猪生病时，我就请教学校里的养猪能手（常年喂猪的班主任），他们告诉我买什么药、打什么针，并建议我培养一名猪医生——专门给猪打针的学生。

培养学生当猪医生？这可真是我闻所未闻的事情啊！

当我在教室里问谁愿意学着给猪打针的时候，男同学们争先恐后地举起了手。

最终，我挑选了陈勇同学。

陈勇十四岁，一米七五的个头，浓眉大眼，体格强健，是个劳动好手。班上的纪律、卫生都管得井井有条，是老师不可多得的帮手。

陈勇跟着一位王老师学习了一些打针的基础知识，又看了王老师给猪打针的经过，就试着给病猪打针，不久病猪居然痊愈了。从此，陈勇就成了我们班的猪医生。

若干年后，我收到了一封来自部队的信，是陈勇写来的，他那时已经当了兵，在部队提了干。他在信中满含深情地说："感谢张老师那时候给了我锻炼的机会，让我养成了乐于助人的精神、吃苦耐劳的习惯……"

捧着这封沉甸甸的来信，我心潮起伏，如果说真要感谢什么，猪应该也有一份功劳吧！

四

那时，一周只放一天假。放假这天，没有了剩饭水，如果不精心照料，猪会饿得四处逃窜。

还别说，我的猪们真的发生过集体越墙、四处觅食的糗事。

一个周末，我回了趟老家，临走前，我给猪槽里倒满了剩饭水和米糠。第二天下午，我返回学校，刚走到校门口，有位老师笑着对我说，你可算回来了！你的那几只"袋鼠"，翻出了猪栏，正四处游荡呢！

我赶紧快步往校园里走，果然看见我的那三头猪，正这里拱拱、那里嗅嗅，四下觅食。我又愧又急，忙把它们往回赶。谁知它们像散兵游勇，丝毫不听命令，任凭我怎么驱赶，它们依然我行我素，四处乱窜。我忽然心生一计，对了，用食物吸引它们！

我盛了几碗饭，又舀了几瓢米糠，用水搅拌后，倒入猪槽。这一招果然灵验，很快，那三只"袋鼠"飞奔到猪圈前，纵身一跃，跳进猪圈里，直奔猪槽，狼吞虎咽地吃了起来。

我惊叹它们敏捷高超的跳跃能力，同时又涌起一股自责之情。

随着三只猪越长越大，食量也不断增加。为了增加它们的食物供给，我也像学校有些老师那样，在食堂附近捡一些扔掉的馒头或者倒掉的米饭，晒干后，装入袋子，贮备起来，作为猪食的补给。

当三只猪长到两百斤左右，可以出栏时，卖猪便提上了议事日程。

当时，几位班主任提议，把猪拉到屠宰场，宰杀后卖猪肉。作为养猪新手，我听从了他们的建议。

第二天，一辆长长的大卡车停在猪舍附近。大家七手八脚把猪拖上卡车。随后，我们也坐上车，向屠宰场飞驰而去。

到达屠宰场时，天色已晚，我们住进了屠宰场老板家里。老板娘准备了一个大火锅和一瓶襄江特曲款待我们。饭毕，老板娘领我走进了一间简陋的卧室，墙壁没有粉白，黑乎乎的，只能在这里将就一晚了。

天麻麻亮时，我被喊醒了。此时生猪已被宰杀，鲜亮亮的猪肉挂起来待售了。

我接过老板递过来的钞票，迎着黎明的曙光，怀着既喜悦又不安的复杂心情，涌进熙熙攘攘的人流里。

五

随着年关一天天临近，村子里家家户户开始杀年猪、腌腊肉，处处呈现出一派喧嚣热闹的景象。

此时，栅栏里每头猪都膘肥体壮，可以出栏了。

因为要给老师们分过年福利，这次，我们没有把猪拉到屠宰场，而是送到学校附近的屠户家。屠户家屠宰设施齐全，整个杀猪过程由屠户负责，我们只是打打下手。

锅里早已装满了水，硬柴在锅底毕毕剥剥地燃烧着。不久，水沸腾了。几个精壮汉子把猪按在地上，猪嗷嗷嗷地狂叫着。屠户手执一把明晃晃的利刃，直刺入猪的脖子，顿时，鲜血喷涌而出，注入事先备好的盆子里。放过血的猪被拖入滚沸的开水里烫。约莫一刻钟后，取出猪，倒挂于架子上，刮猪毛、开膛破肚、掏出内脏……很快，一堆光滑鲜嫩的猪肉就白亮亮地躺在那里了。

该把猪肉拉回去了。那个年月，小汽车极少，板车倒是随处可见，我们从食堂借板车拉猪肉。

犹记得，那天，我把借来的板车放在教室外面，刚一进教室，同学们就沸腾起来，七嘴八舌地问："老师，是不是要拉猪肉啊？"还没有等我回话，大家就争先恐后地举手说："老师，我去拉，我去拉。"

我最终选了陈勇和另一个男生，这时，不少同学不高兴地嘟起嘴。我只好安慰道："没有选到的同学别介意，以后还有很多劳动机会呢！"

但以后的劳动实践机会其实并不太多，学生们终日坐在教室里学习。特别是如今，大多数学校不再勤工俭学，不再进行社会实践，学生们劳动的机会更是少得可怜。

当热气腾腾的猪肉拉到学校后，老师们立即围拢过来，七嘴八舌地议论着猪肉的成色。后勤主任笑眯眯地拨开众人，麻利地把猪肉分成若干块，按成色搭配。

分到猪肉的老师，个个喜气洋洋。这时候，整个校园里弥漫着热烈的喜庆气氛，欢快的笑声在校园上空久久回荡。

后来，我调到了另一所学校教书，再没喂过猪了。但喂猪的经历一直铭刻在我的记忆深处，成为我人生道路上不可或缺的财富。它使我一直保持着勤奋、节俭、朴实、进取、吃苦耐劳的品德。每当遇到困难、精神萎靡时，只要亲近泥土、亲近乡民、亲近那些散发着乡土气息的家畜，我的心灵就会找到归依，获得安宁。

夏日做客

一

读小学时，每年暑假，我都会和两个小表弟，到外婆家去做客。

那时，乡间不通公交车，出行的主要交通工具是自行车，我们不会骑自行车，就步行到外婆家。

外婆家在距离我们村十多里的白营村。穿过几个村子后，可以走大路也可以走铁路。我们当然是选择走铁路啦！铁路有长长的轨道，有不时呼啸而过的列车，有各种各样新奇的传闻，多有意思啊！

所谓新奇的传闻，就是从火车上掉下来一袋子一袋子苹果啦、花生啦之类。也不知道是不是真的，反正我未亲眼见过，但表弟他们说得神乎其神，跟真的见过似的。

盛夏的阳光像火在烧，烤得大地快要熔化了。树叶耷拉着脑袋，蝉在尖声锐叫，狗趴在阴凉处，吐着舌头，咻咻地喘气。我们手拉着手，向外婆家走去。

路上要经过一个很大的水塘，水塘里铺满了亭亭如盖的荷叶，盛开着红的、白的、粉的荷花，还摇曳着果实饱满的青青莲蓬。

离荷塘越来越近，我们嗅到了荷花袅袅娜娜的清芬的香气。小表弟二飞张开双臂，欢呼着向荷塘冲去，他要摘莲蓬。

大表弟大飞煞有介事地说："别下水，水塘里有水鬼。"

这一句话可把我们唬住了。

"真的有水鬼。你们没听说吗？水鬼矮矬矬、圆墩墩的，没有下巴颏，专拉小孩子进入水底，水底下有个很深的黑洞，小孩子吸进去后，就再也出不来了。"大飞说得有鼻子有眼，吓得我们心惊肉跳。现在想来，这些都是大人怕小孩子溺水编的话。

我们不敢下水塘了，但那么碧绿的荷叶，那么好看的荷花，不摘总是不甘心。

我们就在岸上伸手去够。看着似乎很近的荷花、荷叶，却无法触摸到。

大飞不知在哪里找到了一根竹棍，用竹棍把荷叶扒拉到近前，拽住荷叶梗，使劲一弯，荷叶便到手了。

我们把荷叶举在头顶当遮阳伞，很快就走到了铁路附近。

这时，一辆列车"咣当咣当"地呼啸着驶过来，震得我们脚下的土地微微颤抖。

大飞说："这是一辆载客的火车，要是载货的火车就好了。货车上载的有各种各样的货物，火车跑这么快，说不定哪会就掉下来一袋子东西。我听说，有人捡到过一箱子苹果，还有人捡到过一箱子花生呢！"

"要是能捡到一箱子冰棒就好了！"二飞舔舔干燥的嘴唇，无限神往地说。

此时，太阳火辣辣地炙烤着大地，我们口干舌燥，要是能吃一根甜蜜蜜的冰棍，该多美啊！二飞说出了我们的心声。于是，我们眼巴巴地向远处张望，希望来一辆货车，最好是来一辆载着冰棍的货车，而且，这辆货车上还能掉下来一箱子冰棍……

然而，遗憾的是，那天从我们身边驶过的所有火车，没有掉下过任何一丁点东西。

我们踩着细长的铁轨走。铁轨太窄，走不了几步，我们就要跳下来，在一列列密布的枕木上走。这时候，我会边走边数枕木个数。枕木比天上的星星都多，根本数不完，往往数不到一百，我就停下来了。

"呜——"火车的轰鸣声自远而近。我们赶紧跳下铁轨，跑到人行道上。待火车"哐当哐当"地驶过，我们又跳上轨道，踩着枕木走。

远远地，我们看见了大舅、二舅的青砖大瓦房。再走一会儿，我们又看见了外婆的两间矮趴趴的泥坯房，外婆正坐在那棵歪脖枣树下缝补衣服。

我们争先恐后地叫着"外婆"！"外婆"！

外婆先是吃了一惊，继而呵呵笑着说："快进屋凉快凉快，外婆去给你们摘瓜吃！"

说着，外婆把针线筐收起来，挎起竹筐，踮起小脚，颤颤巍巍地向她的瓜地走去。

我们一窝蜂地跟在外婆身后，向瓜地跑去。

外婆的瓜地在河滩上。那里原是一片杂草丛生、芦苇漫长的地方，外公一镢头一镢头地刨，开垦出了几块荒地，种上了西瓜、花生、绿豆。

到了瓜地，外婆忙着摘西瓜，我们去河边看人捕鱼。捕鱼人把长长的渔网撒下去，再慢慢收紧，轻轻拽拉，到了岸边，使劲一提，嗨，网上来好几条活蹦乱跳的鱼啊！我们比捕鱼人还高兴，拍着手，跳着脚，欢呼起来。

我们也想捕鱼，但外婆说我们太小了，长大了才能捕鱼。我们只好随着外婆悻悻而归，不过，看到竹筐里躺着的又大又圆的西瓜，我们又高兴起来。

那天，我们不仅吃到了甜甜的西瓜，还吃到了大舅送来的几条鲜活的大鲤鱼，美味极了！

我们从外婆家回来时，外婆给我们带了好多圆溜溜的熟鸡蛋，我们依旧沿着铁路往回走，一边走，一边吃熟鸡蛋。鸡蛋香极了，充满了外婆特有的味道。

二

初一、初二的暑假，我到著玲家做过几次客。

我和著玲是同桌，总有说不完的话，形影不离，放假回家，也常常结伴同行。

我家离学校近一些，走到我家时，刚好中午。著玲在我家吃了午饭，然后，我们又一起到她家去。

我们两家相距十几里路，骑自行车，走走停停，需要一个多小时。

我们不走大路，而是走田间小路。小路虽然是土泥巴路，且窄，但距离近。

初夏时节，乡间的风光总是那样迷人。

碧蓝的天幕下，远近卧着大大小小的村庄，村庄的屋顶上，冒着些丝丝缕缕的炊烟。村庄与村庄间，是一眼望不到尽头的田野。田野里，蓬勃着一片郁郁葱葱的禾苗。

我骑自行车，著玲坐在后座上，我们在弥漫着田禾清香气息的小路上穿行。有时候，坡太陡，路太窄，我们便推着自行车走。

乡间的田野，蕴藏着无穷无尽的小生灵，你永远不会知道，前方的小路上会蹦出什么。有时候是一只蚂蚱，有时候是一只青蛙，或者癞蛤蟆，不过，这都不让人惊喜。让人惊喜的是蹦出一只野兔。

一次，我们骑着自行车，摇摇晃晃地走到一个三岔路口，正准备拐弯，突然，一团灰影箭一般地从草丛里蹿出来，越过小路，射入豆苗地里。

"是一只兔子耶！"著玲惊喜地说。

"逮住它！"我跳下了自行车。

我们把自行车停靠在路边，悄悄地向豆苗地靠近。

那是只调皮的野兔，它钻在绿油油的豆苗里，支棱着两只长长的耳朵，绿豆般的圆眼珠，机警地四下张望着，看到了我们，刷的一下，掉头向豆苗深处跑去了。

我们追过去，但跑了几步，就被豆苗绊住了腿，此时，野兔已无影无踪。

我们只好悻悻地走出豆苗地，望着野兔消失的方向，兴叹不已。

还有一次，我和著玲正并肩走在一条一米来宽的土路上。

夕阳的余晖涂抹在周遭，给万物披上了一层金纱，向晚的风带着丝丝凉意，我们边走边说说笑笑。

突然，著玲惊叫起来："蛇，蛇！"

"哪有蛇啊？"我心里一惊。

著玲一只手紧紧拽着我的衣袖，一只手指着路边的草丛，结结巴巴地说："那、那、那里。"

我顺着著玲手指的方向看过去，天啊！果真有条草绳般粗的蛇，通体灰褐色，蜿蜒爬行在草丛里，离我们仅有几步之遥。

我吓得腿脚酸软，不敢动弹。著玲的脸早已煞白，拽着我衣袖的手，在微微颤抖。

好在，那条蛇似乎对我们不屑一顾，继续慢慢向前爬行，离我们越来越远了，我们两个才呼出一口气，撒腿就跑，像极了那只奔跑的野兔。

跑了一阵后，我们实在跑不动了，一屁股坐了下来，倒在草地上，哈哈大笑起来。

此时，太阳软绵绵地挂在树梢，似乎随时准备没入地平线，田野间，一场盛大的音乐会开始了。青蛙开始鼓起腮帮子，"咕呱——咕呱——"地唱歌；蛐蛐像比赛似的，"叽叽叽——叽叽叽——"地吹着口哨；蝉在高树上也不示弱，"吱吱吱——吱吱吱——"地吹着大喇叭……

农人们扛着锄头往村子里走，牧童骑着牛儿悠哉悠哉，村子里传出大人呼喊孩子回家吃饭的声音。

我和著玲手牵着手，迎着夕阳的余晖，向她家走去。

著玲的家远离城镇和集市，也远离其他村落，远远看去，像漂浮在绿色海洋上的一座孤岛。村子不大，不过十来户人家，大都盖着白墙红瓦的房子。房子前后绿树环合，院墙边种植着指甲草、芭蕉等花卉；鸡散落在院子里，咯咯咯地觅食；大肥猪在猪圈里倒头酣睡；花猫弓着腰在屋梁上轻轻跳跃。温煦的日光朗照下来，一切都是那样静谧祥和。

著玲家有五口人，父母是地地道道的农民，非常和善。奶奶也慈眉善目的，总穿一件白色的对襟棉布上衣。妹妹是初一学生。

他们一家人对我很热情友善，让我有一种宾至如归的感觉。吃饭时，奶奶不停地往我碗里夹菜，著玲妈妈把好菜尽量往我跟前挪。勤快的小妹妹有天把我换下来的衣服洗了，上衣袖子上一块我一直没有洗掉的油渍，竟然被她清洗掉了。真不知道小妹妹施了什么魔法，我想，一定是使出了九牛二虎之力吧！这真令我又惊奇又感动。

著玲家的屋后，是一大片绿油油的稻田，每天晚上，打开窗户，清芬的稻禾气息便会扑面而来，整个房间里都萦绕着清幽的香气。青蛙咕呱咕呱的叫声此起彼伏，萤火虫打着灯笼在草丛里、树篱间穿来穿去，如水的月光倾泻下来，万物像洒了一层银粉。

凉风习习，我和著玲躺在竹床上，有一搭没一搭地说话。月色从窗户里流泻进来，包裹着我们。渐渐地，声音息，鼾声起，我们悄悄进入了梦乡……

著玲家的院子里，搭了几架葡萄，浓密的树叶间，悬挂着一串串水晶般的葡萄，青得发亮，紫得可爱，像珍珠，像玛瑙，特别诱人。

盛夏，正是葡萄成熟的时节，每一串葡萄都散发着香甜的气息。我常常流连在葡萄架下，摘下一串，剥去皮，放进嘴里，哇，一股甜蜜蜜的汁液，瞬间涌入舌尖，顿觉口舌生津，如饮琼浆玉液。此前，我很少吃葡萄，别说我们家没有种葡萄，就是我们整个村子，都很少有人种葡萄。而著玲家的葡萄搭了长长的一院墙，怎么也吃不完，随时让人大饱口福。

葡萄架下，种着一溜橘子树。碧绿的枝叶间，挂着青绿的橘子。橘子还没有成熟，圆嘟嘟的，令人生出无限向往。等葡萄吃尽，秋风乍起，这青绿的橘子也该渐渐黄了吧！那时候，吃起来，也该是甜蜜蜜的吧！

哦，著玲家的院落，是一个多么诱人多么令人难忘的宝地啊！

三

中考结束的那天，校园广播循环播放着歌曲《祝你一路顺风》。

"那一天知道你要走，我们一句话也没有说……"深情而略带忧伤的歌曲在校园上空久久回荡。我们在寝室里捡拾东西，离别的淡淡愁绪，笼罩在每个人的心中。

"再见！再见！"提着大包小包的同学，陆陆续续离开了寝室，向大家挥手道别。

要和相处三年的同学们分别，我的心里充满了不舍，眼眶不知不觉湿润了。

寝室里人越来越少，最后，只剩我和晓敏了。晓敏的眼眶湿湿的，显然她也流泪了。

"玲玲，你跟我一起去我家玩几天好吗？"晓敏的眼睛里写满了期待。

晓敏是我的同桌，她家在距离我们这里一百多里地的老河口，她平时寄居在亲戚家，很少回去。

毕业班的学习很紧张，星期天也补课，难得放假。"五一"时，学校破天荒放了两天假，同学们兴高采烈地往回走，只有晓敏面上没有笑容，一脸的孤寂落寞。我邀请她到我家去做客，晓敏的眼睛顿时亮了，喜悦爬上眉梢，爽快地背起背包，和我一起回家。

那两天，我们把自己关在卧室里，终日躺在床上天南海北地侃大山，困了就呼呼大睡，过得非常惬意。

如今，晓敏提出要我去她家，我的心忽地动了。

"我们怎么去呢？"我问道。

"坐火车啊！坐火车很快就到了。"

火车我看到过无数次，但从未坐过，在心里总有一种神秘感。此时，听说能坐火车，我的心里欢喜极了！

于是，我把被褥暂寄在老师家，和晓敏一起，来到了襄阳火车站。

火车站人流熙来攘往，个个行色匆匆。

购票的人排成了几个长队，随着时间一点点流逝，队伍轻轻向前挪移。好不容易购买了票，一看时间，只剩下几分钟，火车就要开动了。我们心慌了，飞速赶到检票口，刚登上火车，火车就开始摆动身躯，哐当哐当地出发了。

"再晚一分钟，我们就上不了火车啦！"晓敏吓得吐了吐舌头。我也感到心惊肉跳，继而，我们又相视哈哈大笑起来。

到了晓敏家，夕阳已经没入了地平线。晓敏妈妈给我们做了一大桌丰盛的饭菜。对于好久没有吃过荤腥的我们，满桌的大鱼大肉诱惑力实在太大啦！我们俩敞开肚皮，大快朵颐，吃得肚子圆鼓鼓的。

饭后，晓敏爸爸拿出了两张电影票，让我们去看电影。

原来，晓敏爸爸在鄂西北化工厂上班，单位电影院每晚都有电影放映。

我和晓敏在苍茫的暮色中，向电影院走去。

说实在的，除了小时候在村子里看过露天电影，很多年我都没有看过电影，更没有进过电影院。电影院里的电影，是什么样子呢？我的心里，充满了好奇和期待。

进了电影院才知道，电影屏幕都是一样的，只不过一个在露天，一个在室内；一个嘈杂，一个安静。

那天晚上，放映的是《小兵张嘎》，故事情节引人入胜，演员们表演得惟妙惟肖，把我的心牢牢吸引住了。

小时候，在村西头打麦场里，懵懵懂懂地看了不少电影，何曾有这样精彩的情节？

那晚，我看得如痴如醉。这使我想到了鲁迅《社戏》中的句子"真的，一直到现在，我实在再没有吃到那夜似的好豆，也不再看到那夜似的好戏了"。

第二辑

相遇皆美好

听说，朋友小圆的母亲再婚了，对方是一个比她小七岁的男人。

这着实令我吃惊：一个年近七旬的老妇，在老公离世一年后，居然找了一个比自己小七岁的男人又婚了？

小圆的母亲姓刘，我叫她刘姨。

刘姨身材高挑，圆脸大眼，浓密的头发，有时候盘成一个高高的发髻，有时候编成一个蓬松的辫子。虽然六十好几，依旧行事干练、风韵犹存。年轻的时候，一定是个妥妥的大美人。

刘姨再婚后，就搬到了男方家。一晃几年过去，我没有再见到她。

前不久，小圆请吃饭，说她妈和继父也去，我立即来了兴致。我最想知道刘姨的现状，更想看看这个比她小七岁的男人的尊容。

酒席上，七十一岁的刘姨，明显地苍老了，满脸皱纹，脑后依旧拖一个大辫子，但灰白稀疏了许多。

她身旁的男人，要年轻得多。面容俊秀，脸色红润，气色极好。慈善的脸上，始终挂着微笑。看得出来，这是一个知足幸福的男人。

席间，他不停地给刘姨夹菜、倒饮料，体贴周到。刘姨则是一副很受用的模样。

我断定，这是个好男人。他和刘姨生活得很幸福！

从小圆那里，我了解到刘姨更多的情况。

刘姨和现任丈夫老李原来在一个厂上班。老李一直暗恋刘姨，只因彼此都有家庭，从未表白。后来，老李离婚，带着女儿生活，一直未再婚。再后来，女儿成家，老李单过。听说刘姨丈夫去世后，便主动找到刘姨，吐露心曲。

一开始，刘姨的两个孩子都不同意，后来，见老李善良、勤快，对刘姨一片赤诚，慢慢地，他们同意了。老李茶饭好，一日三餐不重样，把刘姨伺候得像公主，整天乐呵呵的。两个孩子看在眼里、喜在心上，对老李越来越敬重、越来越亲近，主动改口称他为"老爸"。如今，一家人和睦融洽、幸福美满。

看着灯光下刘姨老两口那愉快的笑容，我深深地感动了：一份最真诚最温暖的爱，坚守住道德的底线，历经漫漫长路，跋山涉水，穿枝拂叶，在最合适的时间，终酿成一段最甜蜜幸福的光阴。

王老师

文学像一座芬芳扑鼻的百花园，令我如痴如醉。遨游在文学的海洋里，我的内心无比的充实和丰盈。

我的文学启蒙老师姓王，一个地地道道的庄稼汉。

王老师是我小学五年级时的语文老师，是五年级下半学期开始教我们的。在他之前，是一个外号叫雷管的老师教我们语文。雷管名如其人，脾气相当火爆，稍有不顺就暴跳如雷，作业量也大得惊人。他布置作业不是按题目计算，而是按页数计算。每天晚上的作业是写够三至五页，内容自己选择，只要字数够就可以了。

于是，每天做作业时，我总要不时地数数自己写了几页，看看自己字写得够不够大。现在我的字写得这么大，我怀疑与那时候为凑篇幅而写有关。

好在雷管的执教生涯没有多久就结束了，取而代之的就是这位王老师。

王老师其时四十多岁，面色较黑，经常挽着裤管（大约是在家种地的缘故），骑着自行车，匆匆地奔走在学校和家之间，是一个十足的庄稼汉模样。

王老师虽然教语文，却不讲普通话，用地方方言（那时候的老师大都如此），但声如洪钟，且抑扬顿挫，使人很难有走神的可能。

王老师的作业量很少，这和雷管老师形成了极大的反差，仅凭这一点，我们没有理由不爱他。

那时候，我们能读到的作文书很少，也不知庄稼汉模样的王老师从哪弄来了那么多书，总之，他会隔三岔五地给我们读几篇文章，于是，我们了解了很多书本以外的故事，幼小的心灵里第一次知道，原来世界是如此丰富多彩。

王老师最喜欢布置的作业是写作文，每周写一篇。他经常会把我们写得好的作文在班上声情并茂地朗读，因此，那时候我们写作文的积极性都空前高涨。

记得那时我写了一篇描写景物的文章，王老师把这篇文章当成了范文，在班上朗读，说这篇文章景物描写生动形象。那些景物描写中，有几句是摘自朱自清《春》中的句子，如"红得像火，粉得像霞，白得像雪"，因为那时候碰巧读到了我哥哥语文课本中的这篇文章。

作文第一次得到了老师的表扬，那种喜悦之情真是难以言表，也就是从那时起，我开始爱上了文学，不再惧怕写作文。

王老师应该是个教学抓得并不紧的老师，因为他只是个民办教师，他还要用大量的时间和精力去经营他的庄稼地。但是，自从他教我们语文后，同学们开始爱上了语文，我们班的语文成绩也大幅度提高了。

后来，我上了初中，离开了小学，离开了王老师，到现在差不多二十年了。这期间，我听说过王老师的事情，在辞退民办教师队伍的时候，王老师告别了三尺讲台，专心经营他的庄稼地。

一天，我在市场门口碰到了一位老人，老人体态消瘦，面容沧桑，正推着自行车，自行车后座上横着一根木棍，木棍的两端各挑着一个竹筐，竹筐里躺着圆溜溜的鸡蛋。老人不时地喊一声："卖鸡蛋呦！"

声音温和又略显沙哑，熟悉又有些陌生。这不是我小学五年级的王老师吗？隔着二十几年的光阴，我想叫一声王老师，却犹疑着，终没有出口。

很快，王老师和我擦肩而过，混入来来往往的人潮里。或许，他早已记不得我了。

如今，我也是一名老师，从王老师身上，我懂得了：好的老师不一定是传授给学生最多知识的老师，但一定是能够点燃学生思想的火种，激发学生的内在潜力，对学生有着有益影响的老师。

王老师就是这样一位好老师。他让我怀念和尊重。

见
好
就
学

前几天，我邂逅了多年未见的同学莉莉。不是她叫出了我的名字，我几乎不能认出她来。

四十多岁的莉莉，面容和善，目如秋水，素衣青丝，举止温婉，宛若大学时的模样，甚至比那时还要美。

我们携手漫步，诉说别后境况。听了她的故事，令我暗生钦佩之意。

电脑刚普及时，莉莉只是用它浏览网页、听歌、看视频。一次，莉莉到一位朋友家拜访，见朋友正在新浪博客上写作，莉莉意识到这是一个记录生活的好方式。回家后，立即开通了新浪博客，每周写一篇博文。渐渐地，莉莉的写作水平提高了，文章不断在报刊上发表。为了提高写作水平，她开始阅读书籍，以读促写，以写促读。长期坚持下来，莉莉不仅养成了热爱阅读的习惯，也提高了写作水平。集腋成裘，聚沙成塔，如今，莉莉已出版了好几部作品。

莉莉不仅喜欢读书，还爱听书。《百家讲坛》《红楼梦》《明朝那些事》《名人传》……一本本书听下来，开阔了视野，增长了知识。

听书这一习惯，莉莉说，是受邻居的影响。

几年前，有次下班回家，莉莉看见邻居黄老师正一边择菜一边听评书。凑近一瞧，原来评书是从黄老师手机里发出的。莉莉立即向黄老师请教，如何在手机上听书。很快，莉莉就在手机上下载了听书软件——喜马拉雅，每天听书，从未间断。

前年，在一次活动中，莉莉结识了一位练书法的朋友，朋友的字写得行云流水般飘逸洒脱。他告诉莉莉，字如其人，练书法可以静心，修身，养性。受到启发的莉莉立即买来了笔墨纸砚，至此，每天练字，从未间断，字大有长进。如同读书听书一样，莉莉深深地热爱上了书法艺术，享受着书法艺术带给她的陶冶和滋养。

去年，莉莉和一位身材苗条、容光焕发的同事聊天，得知这位同事每天在抖音直播间，跟着运动主播锻炼一个小时。莉莉明白了健身的重要性，回到家，也打开抖音，跟着主播做运动，主播不仅有动作讲解，还配有动听的音乐，把枯燥的运动变得有声有色。从此，莉莉每天都会在抖音直播间锻炼一个小时，并深深爱上了运动，身材越来越苗条，身体越来越健康了。

如今，写作，看书，听书，练字，健身，成为莉莉业余生活的全部。因为它们的滋养，莉莉每天都过得快乐而又充实，整个人由内而外散发着美丽、优雅而又自信的迷人光芒。

见好就学，活到老，学到老，令莉莉活得越来越精彩。

善良是心灵的灯盏

那年我上高一，学校离家七十多里，没有直达的公交车，即便是坐火车，下车后，也还有一段很长的路。

有一次，火车晚点，等下了火车，夜幕已笼罩大地，四周是伸手不见五指的黑，一时间，我竟不知自己身处何地，茫然无措的心，瞬间被黑暗吞噬，继而，惶恐不安起来。

看见前面有几点灯火，像扑火的飞蛾一般，我急急地奔过去。

是一个小小的工厂，大门口亮着几盏灯，一个中年男人站在门口不远的地方。

如同黑暗中抓住了一根稻草，我急问："师傅，请问到四中怎么走？"

那男人用略有些惊奇的眼神打量我，说："还远着呢！一会儿有辆长途车经过这里，刚好打四中门前过，你可以坐。"

我的心稍稍镇定下来，感激地向他道了谢。

不久，一辆长途汽车驶过来，他挥手拦住，看我上车后，嘱咐道："记得在四中下。"

那天，我安全地到达了学校，当看见校园里那明亮的灯光时，心里涌满了温暖的潮水。

还有一次，学校放假，我坐火车回来，因为疏忽大意，我竟坐过了一站，下车时，已经在离家几十里的异乡。

是正午时分，太阳明晃晃地照着，万物都沐浴在温暖祥和的光辉中。下车的乘客，陆陆续续离开了车站，不久，小小的车站便沉寂下来。

我茫然无助，呆呆地立着。

远远地，一个中年妇女走了过来。我便涎着脸，迎了上去，诉说了自己的遭遇，并问她怎么能回去。

那妇女说："下午两点有到襄阳的公交，你还没有吃饭吧？走，到我家里去，吃了午饭，刚好能赶上公交车。"

她的家离车站只有几步路，家里就她一人。她说，一家人都在劳动街卖衣服，她今天回家有点事。声音又爽快又干脆，清澈的眼神中，荡漾着温暖的光芒。

那天中午，她包了饺子，我们一人吃了两大碗，那饺子真香啊！

吃完饭后，她又把我送到汽车站，看我上了汽车，方才转身离去。

时光荏苒，见过的人、经历的事，大多已隐没在岁月的长河中，不复记忆。然而，这两次乘车的经历，这两位帮助过我的人，一直铭记在我的记忆深处，温暖着我的漫漫人生。虽然我不知道他们的姓名，也不记得他们的容貌，但我知道，他们都有一颗善良的心。

善良是心灵的灯盏，每一份善良，都光芒万丈。是他们教会了我，无论何时何地，都要用一颗善良的心，去帮助和温暖他人。

平凡中的感动

有这样一些人，他们并不起眼，从事简单而平凡的工作，但他们总能带给我们美好和感动。

菜市场里有一家窄小的补衣店，店里的女主人瘦小身材，扎着短辫，说话温声细语的，我去小店缝补衣服的次数不多，但每一次去都会心生感动。

儿子生性好动，裤子膝盖处经常会破损或是裤裆裂开。因为舍不得扔掉，我就拿到补衣店去修补。记得第一次去一下子拿了三条裤子，有两条是膝盖破了洞，还有一条裤裆裂开了，本以为补好这些衣服会要不少钱，第二天去拿时，却只要了四元，当时真不敢相信自己的耳朵，太便宜了！

寒暑易节，时光匆匆流逝，许多东西都像是铆足了劲似的越长越高，比如楼房，比如物价。

前几天再一次拿了儿子的一条裆裂得不成样子的裤子，去小店缝补。店里堆积了许多待修补的衣服，女主人说，你明天来拿好吗？我欣然同意。待第二天去取衣服时，还没有补好。女主人抱歉地说，要补的衣服太多，没有忙完，你有时间等吗？我现在就来补。说着，她就开始坐在缝纫机旁边工作了。先是把裤子裆部完全拆开，把一些线头剪掉，然后用一块布垫在破处，脚踩缝纫机开始缝合。等把裤子完全补好时，用了近一个小时。

因为目睹了她补衣过程的烦琐，我暗自思忖，这次应该付不少钱吧！然而等她把衣服递给我时，却微笑着说，两元钱。太便宜了！我看了看补得完好如新的裤子，不由心生感动。

平凡的人总给我们太多感动。

在通往菜市场的拐角处，有一个修自行车的老大爷，约莫七十岁光景，满头银发，慈眉善目，他的摊位比较简陋，只有一辆推车，几条轮胎，两把气筒，几件工具。或许是如今骑自行车的人越来越少的缘故吧，他的生意看起来并不红火。每次我从他摊位前经过，总见他悠闲地坐在那里，怡然自得地观赏着周遭的风景。

有一次我的自行车嘎吱作响，推到他的摊位前请他修理，他观察了一下，不知道怎么倒腾了两下，自行车就恢复正常了。我问他要多少钱，他和蔼地说，不要钱。我又用了他的气筒打气，心想这回该收钱了吧，然而，他依然说不用给。后来，每次到他摊位前给自行车轮胎打气，他都坚持不肯收钱。或许他觉得他只是做了微不足道的小事，却带给我恒久的温暖和感动。

在这个物欲横流的社会，不少人在为攫取金钱而见利忘义，不择手段。但也有这样一些人，他们平凡甚至卑微，但依然坚守着道德和良知的底线，以一颗朴实而真诚的心坦然地面对生活，他们带给我们太多感动。

与邻善良为

今天一大早，邻居小伙子咚咚咚敲开了我家的门，递给我一把糖，略带羞涩地说："今天我结婚，送给你们一把喜糖。"

我赶忙祝福道："新婚愉快，百年好合啊！"一边说着一边想着送给他们夫妇一点什么礼物才好。

虽然我们和小伙子一家成为邻居不到一年，而且和小伙子年龄差距比较大，但小伙子对我们非常热情礼貌，平时碰面都会客气地打声招呼。

有一次，我们在电梯里相遇，他微笑着问道："你们家是不是养狗了呢？"我实话实说："没有啊！"

又一次，我开门时，小伙子从家里走了出来，他说："你们家的门是不是有点松动了，碰不紧吧？"我连忙说："是的，只要大风一吹就会咣咣作响。"他友善地说："我来看看能不能修理。"

不一会儿，他拿了几根汽车密封条过来，把我家门的上下左右塞上了几根，然后把门关上说："这回应该不会响了。"

果真从那以后，我家门便密封得非常好，再也没有咣咣作响了。同时我也明白了他之前怀疑我家养狗的原因。

投我以桃，报之以李。我一直在想着如何回报一下小伙子。

不久，洁白幽香的槐花纷纷扬扬地挂上了枝头，吸引了众多人采摘。我和同事一起开车到乡下，也摘了不少。

回家后，我把新摘的槐花送了一半给小伙子家，让他们蒸槐花糕或者煎槐花饼，当时他的未婚妻惊喜地说："哇，好香啊！太喜欢啦！"

就这样，两家年龄差距比较大的邻居，虽然走动不太密切，却也真诚相待，彼此敬重。

这次小伙子结婚，虽然未请我们做客，但我想应该送点礼物以示祝贺，但一时又想不到送什么礼物。

傍晚，老公回来后，我和他说起这事，他说，送给他们一盆花吧。

花寓意着芬芳美好，我觉得这个主意不错。于是，我把家里最漂亮最喜爱的一盆发财树搬了起来，和老公一起，敲起了邻居家的门。

开门的是小伙子姐姐，她听见了我们说明来意，立即感动起来，连声说，谢谢！谢谢！

当我们回到家里刚坐定，就响起了咚咚咚的敲门声，打开门一看，小伙子姐姐手里提着四包糖，满怀深情地说，送给你们！

我高兴地接过了糖，虽然还没有吃，心里却也是甜甜的。

与善良为邻，真好！

难忘的美味

记忆中的美味，是舌尖的诗意，是味蕾的舞蹈，是触动内心的温暖，是历久弥香的深情，是令人难以忘怀的爱啊！

一

小时候，家里养了十多只母鸡，每天都能拾好几个鸡蛋，但除了逢年过节或家里来客人外，我们很少吃鸡蛋。

鸡蛋都被母亲捡拾起来，放在一个褐色的瓦罐里。攒上十天后，母亲把瓦罐里的鸡蛋一个个拿出来，装在竹篮里，瞅空闲的当儿，拎到集市上去卖，换回来一些油盐酱醋等生活必需品。

只有外公来了，母亲才会从瓦罐里拿出几个鸡蛋，再从园子里割一把韭菜，韭菜炒鸡蛋，黄绿相间，色泽鲜艳，味道分外鲜美。大约出嫁的女儿总是用鸡蛋来招待老父亲，但凡哪家生了女儿，人们总会说："生了个鸡蛋碗。"

若哪个孩子生病了，母亲也会毫不犹豫地从瓦罐里拿出几个鸡蛋，做一顿营养丰富的鸡蛋羹。

有一年秋收时节，家家户户都在割稻子、收稻子，忙得热火朝天。

我却病倒了，头疼，身上软绵绵的。

暮色四合，天色渐渐暗下来，父母和哥哥们还在地里割稻子，我浑身酸软地躺在床上，昏昏沉沉地睡着。

不知什么时候，我听到了母亲的声音，她急切地呼唤着我的乳名，用她粗糙的手抚摸着我的头，嘴里嘟囔着："呀，发烧了，要赶紧打针。"

父亲慌忙背起我，疾步往村里的诊所走去。到了诊所后，医生给我打了一针，又让我服了几颗药，我的体温慢慢降了下来，我和父亲起身往回走。

深沉的夜色如一张大网，无遮无拦地笼罩着整个村庄，四下里阒寂无声，我们深一脚浅一脚地回到家。母亲忙迎上来，用她温暖的手，摸一摸我的额头，说道："哈，不烧了！"声音里透着一股喜悦。一转身，进了厨房，揭开锅盖，捧出一碗热气腾腾的蒸鸡蛋，递给我，说："趁热吃，吃了身上就有劲了！"

黄澄澄的鸡蛋羹，上面淋着几滴金黄的香油，撒着几丝碧绿的葱花，散发着诱人的香气。我挖一勺，放进嘴里，细嫩爽滑的鸡蛋羹，带着诱人的香味，在味蕾间如鲜花般绽放，啊，大约王母娘娘的蟠桃盛会上，孙悟空偷吃的蟠桃，才会如此美味吧！我用白瓷勺，把鸡蛋羹一点一点地往嘴里送，弟弟在一边，眼馋地看着，不住地吸溜嘴巴。

那天晚上，全家人吃的是芝麻叶面条，只有我吃的是香喷喷的鸡蛋羹，那种被幸福和爱包裹着的味道啊，至今仍令我难以忘怀！

二

每到中秋节，家家户户都会称几斤散月饼（尽管大家都不富裕，但过年过节的仪式感非常强，每个节日都要隆重地庆祝一下，而庆祝的方式往往体现在吃喝上）。月饼大多是冰糖馅的，里面裹着花生、桂花、黑芝麻等，又香又甜，外皮一层层往下掉，酥酥脆脆的。

有一年的中秋节，我在学校里度过。等我回到家时，奶奶接过我的书包，照例给我端来一杯热开水让我暖暖胃。一杯水还未喝完，奶奶突然变戏法似的拿出一个纸包，笑意盈盈地递给我，说："这是给你留的好吃的。"

我一层层地打开纸包，露出了一个圆圆的有点发绿的月饼。我知道，这是中秋节时，奶奶舍不得吃，特意为我留下的月饼。只是，随着时间的推移，这枚月饼已经过了保质期，不再新鲜。但这块发霉的月饼里，饱含了奶奶对孙女多么深切的爱啊！顿时，我的眼睛酸酸的，眼眶濡湿了，心里盈满了感动。我郑重地把月饼一层层包起来，抱住奶奶，说："奶奶，我把月饼留着，慢慢享用。"

奶奶笑了，脸上的皱纹像波浪一样，层层地漾开。

有了好吃的，奶奶总是舍不得吃，偷偷藏起来，孙子孙女们回来时，奶奶就会拿出她收藏的这些美味。有时是一块糖，有时是一只鸭梨，还有时是一枚粘着芝麻的糖饼。奶奶看见我们吃了她精心收藏的美食，比她自己吃了更甜蜜、更舒心。

三

我的大伯在村里的小学当厨师。所谓厨师，也不过就是给几个住校的老师做一日三餐。通常做的是米饭或面条，再炒一两个素菜。偶尔学校也会来几个检查教学工作的客人，这时，饭菜会丰盛一些，增加几个荤菜，另外，总少不了一盘花生米。

大伯炒的花生米，黄亮亮的，酥脆，喷香。

那时，农村经济尚不发达，花生多用来卖钱或者榨油，普通农户，一年到头，很少吃花生米。所以，花生米对我们这些小孩子，有无穷无尽的吸引力，是无上的美味。有时，大伯会把餐桌上剩下的花生米带回来，让我们打打牙祭。

夜幕悄然降临，乡村笼罩在黑魆魆的暗影里。乡下没有什么娱乐活动，农人们早早钻入了被窝。

在昏黄的灯影里，我和奶奶、三姐（大伯的小女儿）坐在暖和的被窝里，有一搭无一搭地唠嗑。门吱呀一声开了，闪进一个人，是大伯。他裹挟着一阵风，走到我们的床前，伸手递过来一个纸包，笑眯眯地说："给你们带好吃的了！"

"哇！"我们欢呼起来。

三姐伸手接过纸包，急切地打开，灿金般的花生米，在灯光下，历历可数。

我和三姐便迫不及待地拈起花生米，往嘴里送。嘎嘣嘎嘣，顿时，香喷喷的味道，在口腔里弥漫开来。

奶奶是不吃的，她说她牙口不好，笑眯眯地看着我们吃。

本来就不多的花生米，三口两口就被我们吃光了。我舔舔嘴唇，意犹未尽。睡梦里，也尽是香喷喷的滋味，缭绕不散。

四

上初中时，我学习很刻苦，为了挤出更多的时间学习，我常常是最后几个去食堂打饭的学生。

有一次，我去打饭时，食堂门口只有寥寥几个人了。轮到我时，食堂师傅敲敲空盆，抱歉地说："没有饭了。"我只得叹息一声，准备饿着肚子回教室。

"没有饭了吗？"不知什么时候，校长站在了我的身旁，看着满脸失落的我，关切地问道。

"没有了。"我低声回答。

"跟我来。"校长迈开大步，径直往食堂里面走去。我只好忐忑不安地跟在他身后。

几位穿白大褂的厨师正在刷洗锅灶。校长大步走到灶台前，说："麻烦你们给这个小姑娘下一碗面，再加个鸡蛋，饭票我出。"

说着，校长从上衣口袋里掏出一张饭票，递给了近旁的厨师。他又冲我笑笑，说道："好孩子，你等一会儿哦，一会儿就能吃到鸡蛋面了！"

一股感激之情如潮水般涌上心头，我使劲地朝校长点了点头，竟忘了说声谢谢。

很快，一钵子散发着诱人香味的葱花面就端到了我的跟前。白亮的面条，碧绿的葱花上，卧着一个圆圆的荷包蛋。吃着这碗热气腾腾的鸡蛋面，我的心里涌满了感动。那是我迄今为止，吃过的最美味最珍贵的面条啊！

五

为了改善伙食，住校的学生会从家里带来各种吃食，有油泼辣子、花生米、干煸肉丝之类。我常常带的是炒面。

周日下午，临走前，母亲从面缸里舀几钵子白面，锅烧热，淋上油，放入葱姜，爆香后，倒入白面，不停地翻炒，起锅前，撒上盐、五香粉，炒面就做好了。冷却后，母亲把炒面倒入袋子里，系紧袋口，放进我的行李包里。

下自习后，饥肠辘辘，这时，接一钵热水，舀几勺炒面，用筷子搅拌几下，就成了黏稠的糊糊，软糯，喷香，很解馋。当然，我不会忘了给我的同桌小燕分享。

小燕是一个家境贫寒却很爱笑的女生。每当她吃炒面时，满脸都洋溢着幸福和感激的神情。那种神情总让我心生暖意。她常带孔明菜（即咸菜）。她带的孔明菜丝细细的，用花椒、红辣椒和青椒爆炒而成。

吃饭时，小燕就把孔明菜拿出来，让我们享用。孔明菜麻辣鲜香，脆生生的，令人食欲大增。

一天中午，小燕请假回去了。下午上第一节课之前，她匆匆赶到了学校。一落座，她就从包里取出一个玻璃瓶，欢欢喜喜地对我说："这是给你带的孔明菜！"

"这瓶孔明菜送给我？"我吃惊地说。

"是的，我看你挺喜欢吃孔明菜的，就让我妈多炒了一瓶。"她微笑着说。

一股感动之情油然而生，我紧紧地握住了她的手。

这瓶孔明菜，依旧佐有辣椒和花椒，还淋有香油，放了许多瘦肉丝，比她以往带的孔明菜更美味。一揭开瓶盖，一股鲜香就扑鼻而来，幸福的感觉也油然而生。

时至今日，我依然保存着那个装孔明菜的瓶子，虽然它只是一个普普通通的罐头瓶，每当我看见它时，就会想起我那笑靥如花的同桌，心里就会滋生出无限的温暖和美好。

阅读，遇见
更好的自己

闲暇时间，我最喜欢做的事情是读书。

读书时，我不仅做读书笔记，还列读书清单。这一习惯是受原中国寓言学会会长、襄阳市作协主席凡夫老师的影响。

有一年年底，凡夫老师把他一年的读书清单分享给了我。打开这份书单时，我大吃一惊，凡夫老师那一年读了一百三十多本书，每一本书的标题、作者、内容简介、读后感悟都一一写了出来，对读书该有多么深挚的热爱和多么浓厚的兴致，才会如此苦心孤诣地去做这样细致的读书笔记啊！

见贤思齐焉。我决定向凡夫老师学习。新年伊始，我便开始列读书清单，同时，我还以月为时间单位，标注了每个月所读书目。当发现某个月读书少了，下个月就会有意识地多读几本，力争补出来。这样，到了年底，一合计，读了近八十本书（这些书有厚有薄，有精读有略读）。虽然比凡夫老师的一百多本差远了，但在工作和做家务之余，读了这么多书，还是令我欣慰的。和我以往读书相比，数量在不断增加。

我出生在鄂西北一个贫穷落后的村子，小时候，家里很穷，除了课本，我几乎看不到课外书，只零星读过几本图画书、大半本《隋唐英雄传》和一本作文书。

为什么说是大半本《隋唐英雄传》呢？因为那本书只有中间的一些章节，前几章和后面的几页都没有了。即便这样，我也津津有味地读完了。

那本作文书是从哥哥那得到的，令我爱不释手，每天晚上睡觉前，我都会读给奶奶听。

那是冬天的夜晚，我和奶奶坐在被窝里，昏黄的电灯闪着清冷的光辉，奶奶拉鞋底，我读作文书。一篇文章读完了，奶奶有时候会发几句感慨。

犹记得一篇文章中写了铁杵磨成针的故事。故事写的是李白小时候不爱学习，一次，看见一个老奶奶在溪边磨一根铁棒。李白好奇地问老奶奶在做什么，老奶奶说，我在磨针啊！见李白迷惑不解，老奶奶又说，只要功夫深，铁杵磨成针。李白深受启发，从此，用心读书，学问不断精进，成了著名诗人。奶奶听完这个故事后，说，玲儿下功夫读书，学问也会越来越多的。

这个故事以及奶奶的话，在我心里悄悄种下了读书的种子。

我以优异的成绩考上了镇上的重点初中。这所学校有一个小小的书店，明亮的玻璃窗里，摆放着一本本崭新的书籍，《钢铁是怎样炼成的》《苔丝》《漂亮朋友》《假如给我三天光明》……

我在书店的橱窗前徘徊，看着那些精致的书籍，小心翼翼地让店主拿出来一本，一看价钱，一二十元，吓得赶紧放了下来。那时，我每个星期的生活费才十多元，如果买了书，这个周靠什么生活呢？

我们班上有位女同学作文写得特别好，老师经常把她的作文当作范文在全班朗读。犹记得，她的一篇作文题目是《读〈假如给我三天光明〉有感》，正是从她的这篇作文中，我了解到了美国女作家海伦凯勒的故事，海伦凯勒虽然是盲聋哑人，在沙利文老师的帮助下，勤奋努力，成为享誉全球的著名作家……多么了不起的人啊！我当时就有了读这本书的冲动。

我开始省吃俭用，到放暑假的时候，我终于攒够了买《假如给我三天光明》这本书的钱。当我手拿着散发着油墨清香的书籍的时候，心里面充满了甜蜜的喜悦。整个暑假里，我每天都在读这本书，它给了我宝贵的精神食粮，让我懂得了，无论面对什么样的困难和挫折，只要不抛弃，不放弃，一定可以战胜困难，取得成功。

毕业后，我成了一名语文教师。书中的一篇篇美文，令我百读不厌。我开始订阅报刊，开通了博客，书写自己对生活的感悟。为了提高写作水平，我开始大量阅读。以读促写，以写促读，读写结合，相辅相成。渐渐地，我养成了热爱阅读的习惯。散文、小说、人物传记、儿童文学……一本本读下来，受益匪浅。阅读为我打开了一扇扇窗户，了解了一个个未知的领域，领略了一道道旖旎的风光。开阔了眼界，增长了见识，丰富了内心世界。每当读到一篇篇美文，我就如同拾到了一颗颗珍珠，被它夺目的光彩深深吸引，微笑，默叹，以为妙绝。多年未见的朋友见面后常会惊叹，你比以前好看了！我微笑不语。我知道，这都是读书的功劳！读书自会颜如玉，岁月善待读书人。

如今，儿时种下的那粒读书的种子，经过发芽，生长，茁壮，逐渐枝繁叶茂，并结出了累累硕果。我不仅加入了省作家协会、中国儿童文学研究会，还出版了数本书，收获了精神上的富足和情感上的丰盈。

我觉得，每个人都需要培养一些兴趣爱好，以安放自己的闲暇时光。如果自己的兴趣爱好有益身心健康，又能提升个人素养，那该是多么幸运的事情！而读书，无疑是这样一件成本低廉而回报丰厚的幸运事情！

乡间美味

广袤丰饶的乡村，像一位可亲可敬的慈母，慷慨无私，任劳任怨，用她那数不清的美味：黄澄澄的柿子、圆滚滚的南瓜、甜蜜蜜的红薯……不知疲倦地喂养着我们这些贪吃的儿女。

幽香的柿子

"墙头累累柿子黄，人家秋获争登场。"秋风起，柿子叶黄。一串串灯笼似的柿子，高高挂在枝头，像一片橘黄色的云霞，栖息在树梢，分外美丽。

每当这个时候，我的婆婆便会挎着一个竹篮，竹篮里盛满了黄澄澄的柿子，叩开我家的门扉。

婆婆种了两棵柿子树，又细又高，硕果累累。婆婆用一个长长的竹竿，竹竿头上套一个纱网，把柿子一个个钩下来，一部分晾晒在屋外，做柿子干；还有一部分送人。

婆婆种的柿子扁扁的，圆圆的，像磨盘，婆婆叫它磨盘柿子。婆婆带来的磨盘柿子，一部分是用开水浸过的熟柿子，吃起来又甜又脆。还有一部分是刚摘下来的生涩的柿子，放一周后，变得又软又甜，把皮揭开，轻轻吮吸里面的汁液，如饮琼浆玉露一般。

家里堆放的柿子多，我便带到办公室里，和同事们分享。有位同事说，柿子芝麻饼特好吃，我便按照她说的如法炮制。将柿子清洗干净，剥去外皮，碾压成泥，放入面粉和糯米粉，和成面团，擀成小饼，粘上芝麻粒，放在平底锅里煎，待两面金黄熟透，便起锅。果然，柿子芝麻饼又甜又糯，香酥可口，是不可多得的舌尖上的美味。

在整个秋季，柿子丰富了我们家的餐桌，滋养了我们的肠胃，令我们一家人由衷喜爱。最使我难忘的，是一次喝柿子酒的经历。

那天，去一位乡下的朋友家做客。朋友的家是一排用红砖砌的低矮的民房，房子前面一口水波粼粼的鱼塘。鱼塘的边上，一溜站立着十多棵柿子树，每一棵柿子树上面，都挂满了黄澄澄的柿子，衬着碧波荡漾的水面，像一幅绝妙的风景画。使得那排低矮的民房，也生动活泼起来。

那天中午的餐桌上，放着一壶酒，颜色淡黄，清亮透明。朋友说，这是自己酿制的柿子酒。刚一打开，一股浓郁的果香扑鼻而来。轻抿一口，一股甘甜微辣的味道，顿时溢满了口腔，口感非常好。一向不善饮酒的我，不知不觉喝了好几杯，渐渐有了醉意。在几分微醺中，觉得满目的秋色愈加明艳，心情也愈加高涨了。

柿子不仅外表美艳，味道鲜美，还有非常美好的寓意。因为"柿"与"事"同音，柿子是事事如意的象征。

在枣阳春陵村，有一片郁郁葱葱的柿子林，在柿子林的正南方，砌着一个镶嵌着黑色大理石的台子，台子上镌刻着"柿柿如意"的故事。

当年，刘秀在春陵率领八千家乡子弟起义，父老乡亲们挎着一篮篮红艳艳的柿子，前来慰问起义大军。刘秀拿起两种不同形状的柿子，对将士们说："一个柿子像磨盘，寓意老百姓像磨盘一样支持我们，有了老百姓的支持，我们将无坚不摧；一个柿子像牛心，寓意牛心脏强大，体魄健壮，牛载着我们战无不胜。"后来，刘秀骑青牛起义，果然柿柿（事事）如意，推翻了王莽统治，建立了东汉政权。

正因了这种吉祥美好的寓意，柿子被历代文人墨客所喜爱。

老舍先生在小院种下柿子树，并取名为"丹柿小院"，她的夫人的画室叫作"双柿斋"。画坛圣手齐白石，对柿子也很痴迷，一生关于柿子的作品无数，他本人也号称"柿园先生"。

这个时节，我也常在茶几上放几个柿子，每天，看着黄艳艳的柿子，闻着幽幽的柿香，心中就会涌起无限的美好。

丰收的南瓜

我和一位书法家到春兰农家书屋给孩子们上书法课，临走时，春兰大姐从屋里提了一篮子南瓜，要给我们每个人的车上塞几个。想到春兰大姐种菜不易，我们纷纷拒绝。春兰大姐说："你看这房前屋后，到处都是的，不值钱，快拿上。"

的确，春兰大姐的院子前面的空地上，开着黄澄澄的南瓜花，碧绿的叶子下面，匍匐着或长或圆形态各异的南瓜。盛情难却，我只好拿了一个南瓜，放到了车里。

这个季节，在农村，似乎只有南瓜是送人的最佳礼物了。

花生早已收获售卖，红薯还在地里呼呼睡觉，丝瓜、冬瓜已快罢园，只有南瓜正逢其时，长势喜人。南瓜泼实，不择地势，不选环境，只要有一抔泥土、一抹阳光、一点雨露，它就能生根发芽，茁壮成长。

再说南瓜个头大，斤两足，拿一个两个送人，看着囊实、喜庆，不觉得寒碜。

我每次回老家，父母也会挑一两个又大又圆的南瓜让我带上。父亲在院墙根下，种了几棵南瓜秧，随着几阵和风、几场细雨的滋养，南瓜秧很快就蓬勃生长，不久就攀爬了满满一院墙的绿意，再后来，又开了黄艳艳的花朵，配上院墙边的几竿修竹，真是一幅好看的图画。

带回来的南瓜，一顿两顿吃不完，放时间长了会坏，太可惜。于是，我就把南瓜分成几小块，送给左邻右舍，邻居们接过南瓜，含着笑意，说着谢谢，我的心里，也充满了喜悦。

南瓜泼实、产量高、方便贮存（可放到大雪纷飞的冬季），在过去经济困难的时期，它曾是农民们赖以果腹的主食。

小时候，母亲常做的菜便是煮南瓜汤。母亲选一个大南瓜，洗净，切成小块，放入铁锅里翻炒几下，再舀几勺冷水，盖上锅盖，旺火煮熟。

大约是油金贵，一大锅南瓜汤里，几乎看不到油星。经常吃这样的南瓜汤，实在寡淡。好在母亲有调剂我们胃口的办法，她把南瓜子一粒粒掏下来，洗净，晾干，放到锅里翻炒，洒点盐，起锅后，放凉，装入塑料袋里，让我们慢慢品尝。在零食匮乏的年代，炒南瓜子实在是无上的美味啊！

随着社会的发展，时代的进步，食物品种越来越丰富，南瓜依然是大众餐桌上的一道不可或缺的美食，深受人们喜爱。

南瓜全身都是宝。清炒嫩南瓜秧，既美味，又清热解毒，深受家庭主妇青睐。嫩南瓜藤去掉表皮的毛刺，切碎，用葱姜蒜辣椒爆炒，味道非常鲜美。南瓜更是可以做成不同的菜品，蒸南瓜块、煎南瓜拖面、煮南瓜糊糊、炒南瓜丝。

我最喜欢吃煎南瓜拖面。南瓜切成细丝，拌上面，洒点葱花、姜、盐，放入平底锅饭咬一口，又酥又香，文火慢煎，直到两面炕得金黄，出锅入盘．还有南瓜淡淡的清芬，我们办公室里的姐妹们喜欢吃蒸南瓜每个人的办公桌上，都放着一个小小的热锅每天早自习时，大家提前几分钟来到办公室，把蒸锅里添上水，再放入切好的南瓜块（或者红薯）、鸡蛋，盖上锅盖蒸。等下自习时每个人的蒸锅里都冒着热气，透着甜香。开锅盖，便可以大快朵颐。南瓜甜丝丝的，口感极佳，又润肺益气、美容养颜、健脾和胃是不可或缺的美食。

在酒店里，我吃过南瓜的另一种做法。把南瓜切成长块，用油炸得又香又软又脆，整整齐齐地摆在盘子里，真是无上的美味啊！

甜美的红薯

周末回老家，临走时，父亲装了半袋红薯，塞到我的车里。

父亲种的是红心红薯，蒸熟后，剥去外皮，露出黄灿灿的瓤，异常甘甜。如果煮成玉米红薯粥或者大米红薯粥，再配以咸菜，美味极了。小时候吃红薯的一幕幕情景，不禁浮现在眼前。

红薯是我们这儿农民广泛种植的一种农作物，因为它耐旱耐瘠，病虫害少，所以产量很高，是我们小时候的主粮之一。

老家家家户户都有地窖，地窖一般挖在院子里，深两三米左右，用于储藏秋收的红薯，以备冬天食用。每隔几天，人们就下地窖捡一筐红薯上来，用来煮或是烧熟了吃。当然，饿了就拿一个红薯洗了生吃也是常有的事。那时的红薯，充当着主食以及水果的双重作用。

小时候，冬季的早饭，总离不开红薯。前一天的晚上，红薯已经被各家主妇洗得干干净净，切成块状放在盆子里。早饭，要么是清水煮红薯，要么是大米红薯粥。

　　我们家常吃的是大半锅的红薯，掺一些白米，再配以切得细细的萝卜丝，撒上香菜，滴上香油，芳香四溢，生脆可口。这样的饭菜，那时家里每个人能吃上好几碗。就是现在，每次回忆起那时的红薯粥，我都会口舌生津，是难忘的舌尖上的美味。

　　那时红薯还有另一种吃法，就是把红薯切成片，一块块地铺开，放在外面晒干。把晒干的红薯片收回来，储藏在缸里，煮稀饭时，放几块，甘甜可口。另外，在那个零食匮乏的年代，红薯干还是孩子们的零食。每次上学时，我都会带几块红薯干，脆生生地吃着，觉得日子里多了许多甜蜜。烧红薯也是我们常吃的一种食物。

　　做饭时，母亲会在烧柴的灶膛里放两个红薯，等饭烧熟，红薯也熟了。烧熟的红薯外面有一层黑乎乎的焦皮，和现在的烤红薯相比，外观上稍显逊色。剥去这层黑皮，就露出红红的瓤来，咬上一口，满嘴都浸着甜。那时流行着这样一句话："糊的吃了捡钱。"即便红薯烧得有些糊，也会被我们愉快地吃掉。

　　不仅红薯好吃，翠绿的红薯叶也备受青睐。

　　在田间地头辛苦劳作的农人，收工的时候，掐一把嫩绿的红薯叶，或炒或煮，都很美味。而在城里，红薯叶被捆成一把一把的，在超市里出售，是餐桌上备受欢迎的蔬菜。

　　前不久，在朋友圈里，看见一位朋友发了一张植物图片，白色的根须在清水中漂浮，红色的茎秆上，圆圆的叶子，碧绿娇嫩，有一种独具特色的美。我问朋友这是什么花。朋友说，红薯秧呀！红薯放时间长了，长了嫩芽，把它放在清水里，没多久便长出了茂密的叶子，成为一道美丽的景观了。

我惊呆了，原来朴实无华的红薯，经过一个兰心蕙质的人的打理，竟也可以如此妖娆妩媚啊！

朝着天使的方向前行

话剧《临时病房》演出结束，灯光骤然亮起，演员们依次上台致谢。

这时，舞台中央一位头发花白的老者拿起了话筒，说道："感谢各位观众，感谢各位演员，感谢所有的人……"

声音清澈、洪亮、圆润、不疾不徐、深情款款。我的心一下子被紧紧攫住，开始神情专注地打量她，中等身材，一袭青灰色长裙，圆口平底鞋，满头银发，面容清瘦，和颜悦色。

她继续用天籁般的声音说道："你们演得很真诚，真诚是最大的力量，真诚是最好的诠释……"

她的话如她的人一样，朴实无华、真诚睿智，直击我的心灵，引起了我心底深处的共鸣。一霎时，我感动异常，眼眶润湿。

朋友告诉我，她是这个话剧的作者沈虹光。

我立即在百度上搜索沈老师的个人简介。沈虹光，1948 年出生，女作家、编剧，作品多次获奖。

难怪沈老师如此优雅、如此迷人！的确是腹有诗书气自华，岁月从不败美人啊！真正的美人在岁月面前，不仅不会变丑，反而会随着学识的加深，阅历的增多，素养的提升，越来越美丽，越来越迷人，如一坛掩映在岁月深处的老酒，历经岁月风霜的洗礼，散发出越来越香醇的味道！

这时，我的微信响了，低头一看，原来是梅洁老师发来的视频。视频中，梅洁老师和几位朋友正在赏画、挂中国结，每个人的脸上都笑吟吟的。七十多岁的梅洁老师，穿着一身黑带花的休闲衣服，短发齐耳，头戴发夹，笑吟吟的，一脸的安详快乐。

梅洁老师告诉我，她和视频中的"三仙女"正在过七夕。说完，还打出一个哈哈笑的快乐表情，令我的心也快乐得要融化。

我和梅洁老师是去年在尧治河参加活动时认识的。那天，我们一起游览了尧治河的三界洞天。梅洁老师像一个心态开放、思维活跃、活力四射的少女，脚步轻盈，谈笑风生，语言又温柔又深刻，句句说到我的心坎上，引起我深深的共鸣。半天的相处，我们有说不完的话，气氛融洽，非常快乐。

如果不知道梅洁老师的年龄，仅看外表，以为她只有六十多岁，听她说话、和她相处，感觉她只有三十多岁。再后来的交往中，感觉梅洁老师是一个热情睿智的大姐姐，经常在朋友圈发她制作的动感十足、温馨快乐的视频，还时不时地给我分享一些，令我也感到快乐和温暖。梅洁老师文学上的卓越成就我不想赘述，仅仅是她对生活的热爱、对我这样一个寂寂无名的晚辈的热情与友善，足以令我感动。在我心目中，她是那样的美，美得不可方物，美得无可替代。

沈虹光和梅洁两位老师，在生理年龄上，都是古稀老人，但在我的心目中，她们是美丽的天使、是智慧的化身，散发着迷人的万丈光芒！

　　曾经，我是如此的惧怕衰老，不，现在我不惧怕了！容颜的衰老又算得了什么呢？学识的深厚，心态的年轻，思想的活跃，心灵的美好，不是最美的呈现吗？

　　我庆幸我结识了这些美丽的天使，她们带给我智慧和启迪，使我朝着天使的方向，坚毅前行。

喜庆的红春联

小年一过，大年的脚步就一天天迫近了，新年的味道在村庄的上空日益浓郁。杀年猪、腌腊肉、蒸馒头、开炸锅……一桩桩，一件件，渐次在农家小院里拉开帷幕。

到了年三十，大红的春联飞上了各家各户的门楣，红彤彤、鲜艳艳的，十分喜庆，新年的衣襟才算真正敞开。接着，人们一头扎进新春的怀抱，看春晚、吃年夜饭、相互拜年，有滋有味，有声有色。

春联是新年的标签。在乡下，没有哪一家不贴春联的。即便在贫困荒寒的岁月，宁可食无肉，不可少对联。讲究的人家，大门的门廊、堂屋乃至猪槽、牛栏、鸡窝……都要贴春联。

一步入腊月，逢热集的时候，集市上便有春联出售。春联往往和年画、挂历一起，铺在一片片开阔地，上面压了光滑的小石子，以防被风吹走。卖家是一个黑脸的汉子，或者一个声音敞亮的大妈，身上斜挎一个黑色的背包，里面鼓鼓囊囊的，装着一些零票。购买的人，这张瞅瞅，那张摸摸，最终选定几张字画，卷成一个细长的圆筒，擀面杖粗细，再系上细绳，以防散开。

这些春联不仅字体遒劲、美观，上面还绘有一些美丽的图案，镶着漂亮的金边，又气派又喜庆，分外受人青睐。

也有那些节俭的，或字写得好的人家，就买了红纸、笔墨，自己写或者请人写。

往往是在年三十的上午，屋内生了热气腾腾的炭火，搬一张方桌，置于堂屋中央，写字人洗净双手，把红纸折了印子，执一支毛笔，蘸了饱满的墨水，开始挥毫泼墨。字是正楷，规规矩矩、端端正正，一点一横、一撇一捺，无不用心用力。若天气晴好，就在院子里铺了竹席，将写好的春联依次摆在竹席上，任阳光暖暖地晒着，像给院子里铺了一层红地毯，又红火又热烈。

小时候，我们家里的春联都是隔壁的张叔写的。张叔是村小学一名民办教师，字写得特别漂亮，也乐意给左邻右舍写春联。每到年根，他家的院子里就人来人往。人们拿了鲜艳的红纸，恭敬地递给张叔，张叔接过来后，略一思忖，便挥毫泼墨。不多时，几幅承载着农人们梦想与希望的春联，便大功告成。

接下来便是贴春联。在胶水还不盛行的年月，烧一盆开水，里面倒入面粉，搅和几下，一盆黏稠的浆糊就调好了。用刷子蘸了浆糊，刷在门楣上。再搬把凳子，站在上面，双手捧了春联，瞅好上下联的位置及高度，轻轻按压在上面。这时需特别仔细，一旦贴歪了，或者左右联高度不一致，看着不对称，就得撕下重贴。

庭院的大门一般贴的是"和顺一门有百福，平安二字值千金"；堂屋的正门往往贴"财源滚滚随春到，喜气洋洋伴福来"；鸡窝上贴的必是"鸡鸭成群"；牛栏上则贴"六畜兴旺"。

贴了春联的院落和屋子，立即光彩夺目起来。人家从大路上经过，望院子里瞧一眼，只见一片红艳艳的春色，像红霞飘落下来，像春花处处盛开，那种喜悦就会上了眉梢，不觉容光焕发，精神抖擞。新年的新气象，便在这一片艳红里弥散、飘荡开来。

出于对书法艺术的喜爱，我练起了毛笔字。经过半年的临帖，字写得也有了点笔锋。家里人鼓励我说，今年家里的春联，就你写了哈！于是，我更加勤勉地练习起来。一心想写好毛笔字，以不负火红的对联，不负喜庆祥和的春节。

到社区打疫苗，排了两个多小时，快轮到时，突然想起未戴口罩。好不容易快轮到了，因为没戴口罩，一会儿不让进卫生室怎么办？

"完了，忘带口罩了！"我不觉说出了声。

这时，排在我前面的女士，对她前面的男人说："是啊，我们也没有戴口罩，我还是回去拿吧！"又扭头对我说，"我给你带一个！"

霎时，我的心里充满了感激。

太阳像一个大火球，射出白亮亮的光，炙烤着大地。打疫苗的人排成两队，像两条花花绿绿的长龙。随着时间的推移，长龙一寸寸往前挪动。

女士还没回来，我不由焦急起来，便对排在我后面的一位女士说："我去买个口罩，一会儿就来哈！"

"我这有！"她麻利地拉开挎包，掏出一个口罩，朗声说，"还没有用过的，给你！"

我的心不由一热，连忙说："谢谢！谢谢！"

不久，刚才离开的那位女士，满脸大汗地走了过来，手里拿着一包未拆封的口罩，那口罩蓝莹莹的，像一大捧盛开的兰花。

她拆开口罩包装，抽出一个，微笑着递给我。我忙说："已经有了，谢谢！"

此时，感动的潮水，又一次漫上心头！

望着前后两位衣着普通、相貌平平的女士，我却觉得，她们是那样可亲，那样光彩夺目。虽然只是一只小小的口罩，却传递着大大的温暖，和人世间最珍贵的温情！

不由得就想起，前天遇到的一件暖心事。

那天，我用 502 胶粘鞋子，粘完后，才发现手上涂了不少胶水，白乎乎的一层，用清水洗，用肥皂褪，都无济于事。那胶像长在了手上，顽固地不肯离开。

到一家美甲店去做指甲，老板娘看见了我手背上的胶，忙让小店员用溶胶剂给我涂抹，见仍未掉，又让小店员用修指甲的小刀剔。见小店员笨手笨脚，她接过小刀，亲自剔了起来。看见她的热情、耐心、友善，那一刻，我的心里涌满了感动！

这世上，还有什么，比萍水相逢的关爱，更令人动容呢？

有人说，社会世风日下，我却觉得，那是他忽略了身边的细小的温暖和关怀。平淡如常的生活中，总有一些干净的眼神，一句体贴的话语，一脸灿烂的微笑，令我们赏心悦目、倍感愉悦。生活的美好，也就在这些细微之处，熠熠生辉。

牵挂两棵银杏树

晚饭后，沿着河堤散步，不知何时，河堤南边的房屋，已推倒了一大片，地上堆着厚厚的残砖断瓦。原来，为了修路，这里正在拆迁。

继续往前走，只见一座老旧的四层楼房前，笔直地立着两棵银杏树，两棵树一般高，相距一两米宽，树枝连着树枝，树梢碰着树梢，像两个亲密无间的恋人，手挽着手，比肩而立。树下的一把木椅上，坐着一位头发银白的老人，一只手支着下巴，面容忧凄，若有所思。

眼看拆迁已经迫近到她的房子，我不禁好奇地问道："老人家，您这房子赔了多少钱？"

老人微微抬起眼，看向我，说："我不晓得。我舍不得门前的这两棵银杏树呀！这两棵树是 2000 年栽的，已经二十一年了呀！"

"门前的树不赔钱吗？"

"一棵树赔 150 元。唉，就是赔再多，我们也舍不得呀！儿子前几天去找了园林公司，希望他们能移栽，只要能移栽活，只要能让我们随时去看看树，一分钱我们也不要呀！"

突然，我的心被柔软地触动了，涌出一丝温暖的感动。原来，人世间有一种最质朴真挚的情义，竟是对所伴之物的不舍和牵挂！

想起了近日读到的几篇文章，雪小禅因为丢了猫，"瞬间好像万念俱灰了，不顾自己的年纪和身份，坐在沙发上放声号啕"。贾平凹在山洞里发现了一尊佛像，激动得难以自抑，满怀深情地写道："我跪在这尊佛像前眼里充满了泪水，我真是与佛有缘的，这尊佛像就是为了让我来拜见的，让我来认识它的价值的。"

万物有灵。大自然中的草木花石、鸟兽虫鱼，给了我们心灵的慰藉和精神的抚慰，它们是无言的知己和思想的养料，相伴愈久，情谊愈深。一旦失去，怎能不令人肝肠寸断？

回家后，看见我的猫倏地从沙发上跳下来，扑到门口迎接我，心中便溢满温暖。来到阳台，一一打量那些花花草草：文竹正吐出细长的茎蔓，红掌顶着艳红的花朵，幸福树绿叶婆娑……碎金般的阳光从窗棂挤进来，在它们身上洒下斑斑驳驳的金粉，愈发让它们生机勃发、娇嫩欲滴。霎时，我的心涌起幸福的潮水。

此时，我更能理解两棵香樟树下的老人那份失落的心情，那里面包含了太多的不舍和牵挂啊！

生命中，总会有太多复杂的情感，总会滋生出诸多的牵挂。而对两棵树的牵挂，无疑是一种分外纯洁和美好的情愫。

蝉鸣声声

那天走进公园，正是阳光炽烈的午后。三五堆老人，围坐在浓密的树荫下，聊天、打扑克、下象棋。

我在一处树荫下站定，看两位老人下棋。突然，头顶传来一阵尖锐的长鸣："吱——"

循声望去，只见一些高大的梧桐树，洒下一片浓荫，却不见蝉的踪影。

鸣声骤停。紧接着，我左前方的树木，又响起了高亢嘹亮的鸣叫。像是几个合唱歌手，一起放开了喉咙高歌。这一合唱刚落幕，右前方的树枝上，又锐声响了起来……

绿叶丛里，传来一波又一波的长鸣，此起彼伏，不绝于耳。公园的上空，奏响着一曲又一曲没有休止的音乐。

走出公园，向公交站台走去。马路两边的行道树上，也传来声声长鸣。在这个炎热的夏日里，这位大自然的歌手，已经卖力且无私地为我们演唱了这么多时日，我竟然充耳不闻，是多么疏忽大意啊！

我开始留意这位歌手的音乐。这才发现，小区楼下，阳台上，书房里，都能听到这位歌唱家的演绎。时而高亢，时而停歇，时而独唱，时而合奏。整个自然界，处处充满了生动嘹亮、充满野性的乐音。

白天，我坐在书房里看书、写字，那声声的鸣叫在我耳边如波浪般，高低起伏地响起。夜幕降临，城市的霓虹灯相继亮起来时，再坐在书房里看书，竟听不到白天那种持续不断的长鸣，偶尔响起一阵聒噪，也持续不了多久，就消失了。当清晨的第一缕曙光洒向万物的时候，先是一两声蝉鸣，继而万声相竞，蝉儿们像是商量好了似的，一起拉开了新的一天演唱的大幕。这令我心生疑惑，难道这些自然界的小精灵，也要在夜晚休息，也知道不能在晚上影响他人？

对于蝉鸣，从古至今，文人墨客从未停止过书写。不同的心境、不同的个性有不同的感受。

清代费墨娟无事时，喜欢听蝉吟。她写道："睡起昼长无个事，曲栏斜倚听蝉吟。"多愁善感的杨万里听了蝉吟，却心生惆怅："叫来叫去浑无事，叫到诗人白发生。"柳永在长亭送别之时，闻到蝉鸣，更觉凄婉："寒蝉凄切，对长亭晚，骤雨初歇。"

法布尔对蝉充满了理解和善意，他在《蝉》中写道："四年黑暗中的苦工，一个月阳光下的享乐，这就是蝉的生活。我们不应当讨厌它那喧嚣的歌声，因为它掘土四年，现在才能够穿起漂亮的衣服，长起可与飞鸟匹敌的翅膀，沐浴在温暖的阳光中。什么样的钹声能响亮到足以歌颂它那得来不易的刹那欢愉呢？"

我岂止是不讨厌"那喧嚣的歌声"，而且还心生欢喜呢！就如同春天里必有飞扬的柳絮，冬天里总有飘扬的雪花，夏季里有了声声蝉鸣，日子才多了一抹色彩、一些滋味、一份热烈和沸腾啊！

院墙上的仙人掌

　　仙人掌是一种生命力极其顽强的植物，无论栽在盆里，还是种在墙上，哪怕是丢在干旱少雨的沙漠中，都能活得兴致盎然。汪曾祺在散文《昆明的雨》中，对此有过精辟的叙述："昆明人家常于门头挂仙人掌一片以辟邪，仙人掌悬空倒挂尚能存活开花。于此可见仙人掌生命之顽强，亦可见昆明雨季空气之湿润。"

　　儿时，我家的仙人掌种在院墙上。院墙一米多高，用残砖断瓦围砌而成。仙人掌围着院墙爬了一圈，居高临下地打量着眼前的世界。一片叶子巴掌大小，周身布满黑色斑点，斑点上伸出根根细细的白刺。一片上又长出另一片，像接力似的，接出两片、三片，甚至四片，如擎出的手臂，伸得老远。

　　尽管仙人掌周身布满刺，开出的花却美丽动人，不仅具有观赏价值，还具有食用价值。

　　天气一天天暖和起来，南来的风，轻轻拂过。某天，突然发现，院墙上绽开了几朵淡黄色的花，花朵不大，体态轻柔，颇为娇媚，使灰暗的一隅，立时明艳起来。

我的奶奶擅长酿酒。酿酒的原料有高粱、小麦，还有仙人掌花。奶奶摘下仙人掌花，浸泡在清水中，捞起后，滤干水分，切成小块，放入干净的玻璃罐中，再倒入白酒，丢几粒酵母，然后将玻璃罐口密封，放置一周后，将酒过滤，去除固体残渣，将酒密封保存一段时间，就可饮用了。

父亲从地里干活回来后，嚼几颗花生米，饮一杯仙人掌花酒，脸上渐渐泛起鲜活的红晕，先前的倦态一扫而光，整个人立时精神起来。

夏日里，仙人掌会结出红色的果实。据说，仙人掌的果实非常美味，在有些地方还被加工成罐头销售。可惜，我家院墙上的仙人掌从未挂过果。大概是还来不及挂果，花就被摘掉了吧！

"春风摇曳拍仙掌，玉翠双双蒂刺藏。夏日骄阳红果挂，腮腺炎患脸边镶。"这首诗写了仙人掌有治疗腮腺炎的作用。

仙人掌作为药用植物，首载于清代赵学敏所著的《本草纲目拾遗》，该书记载：仙人掌具有行气活血、清热解毒、消肿止痛、健脾止泻、安神利尿的功效。

七岁那年，有天，我的左腮凸起了鸡蛋大个包，疼痛不止。母亲立即握起镰刀，去院墙跟下，割了一截仙人掌，捣碎，包在一块白布里，敷在我脸上凸起的包处，顿时腮部一阵阵清凉，疼痛渐渐消失了。

没承想，第二天，右腮竟也凸起个包，母亲如法炮制，在我的右腮上也敷上仙人掌碎末。这下，我的两腮上各贴着一块白布，丑极了！但丑则丑矣，疼痛很快消失了，肿块也渐渐消散了。

俗话说："人不可貌相，海水不可斗量。"其实，物也不可貌相啊！

仙人掌虽不起眼，却全身都是宝，一如那些朴实低调却价值非凡的人。

如今，仙人掌的造型越来越多：圆球状、细长条、假山状、手掌状……装在或大或小的花盆里，精美别致，成为我家阳台上的一道美丽的风景。但我仍会时常怀念，儿时院墙上趴着的那几株土里土气的仙人掌，想起它们时，心里就会涌上一抹淡淡的暖意。

萤火虫，
你飞到了
哪里

前几天，一个同学请我们去老家做客，同学老家在乡下，于是，我们就驱车去了乡下，并在那里用了晚餐。

那天来了好多客人，院子内外都摆满了酒席。当天黑下来的时候，晚宴开始了。就在我入座不久，就感到腿上胳膊上又疼又痒，低头一看，才发现是被蚊子叮咬了。于是，赶紧伸手去拍打蚊子，可是这小东西来无影去无踪，真正想去捉它的时候却捉不住。当你快忘记它的存在时，它又冷不丁地对着你裸露的皮肤咬上一口。真是神出鬼没，奈何它不得！有人就建议在腿胳膊等地方涂点酒，蚊子闻着酒味，也许就不会再来叮咬了。

于是，大家就纷纷蘸了酒涂抹起来，一时间，每个人身上都充盈着浓浓的酒味。我也不例外。本以为这样或许就能免受蚊虫侵扰了。可没有多久，身上裸露部位又开始瘙痒起来，不用问，绝对又是那该死的蚊虫在肆虐了。真让人苦不堪言啊！

好不容易吃完了饭，终于可以离开这个让人不胜其烦的地方了，我们徒步从村子里往外走。

没有月亮，也没有星星，有的只是无尽的黑夜，和从农家屋子里透出的点点灯光。我突然想，这样的夜晚，要是有一闪一闪的萤火虫该多好，即便是它们照耀不了太多的地方，但至少给人一种心灵安慰。可是，任我耐心搜寻，也没有发现一只萤火虫。不仅没有萤火虫，连夏夜的特定音乐——声声蛙鸣也没有，我这才意识到，青蛙早已进入了千万家餐馆酒肆，几近绝迹了。这与我印象中的乡村是多么的不同啊！

小时候，我是在乡下度过的。乡下给我的最美好的记忆莫过于夏季了，而夏季的夜晚又是一天中最惬意的时光。

当夕阳快要落山的时候，农人们荷着锄头牵着牧牛回村了，村子的上空飘荡着袅袅的炊烟。不久，就有三三两两的人端着饭碗，围在村头路口吃饭了，夕阳给小村涂抹上一层金色。夜色渐深时，各家便把凉席铺在院子里，摇起蒲扇乘起凉来。月色如水，天上有朗朗的疏星，萤火虫扑扇着翅膀在空中穿梭不停，引得孩子们四处追逐，欢笑声便洒了满院。当有了倦意，躺在床上准备休息的时候，此时，才发现耳边有此起彼伏的蛙鸣，仿佛是催眠曲一般，引人入眠。你绝不会嫌它聒噪，因为它就这样安稳地伴你一夏，少了它你会觉得不安。

如水的月色，闪闪的萤火虫，不绝于耳的蛙鸣，这就是我记忆中的乡村夜晚。而如今，这一切似乎已经远去了。

可爱的萤火虫啊，你飞到了哪里？

甜蜜的红枣

在我的记忆中，枣儿总是与喜庆、欢乐、温馨紧密相连的。

在鄂西北乡下，家家户户房前屋后，都种着枣树。枣树泼实耐瘠薄，无论干旱和雨涝，只要有一方泥土，就能茁壮成长，结出累累硕果。

我家的枣树种在院墙根，碗口粗细，龟裂的树皮，黑黢黢的。撑开的树枝，像一把大伞，擎在空中。

初夏时节，枣树上开满了黄绿色的小花，细细碎碎的，星星般点缀在树枝上。几阵暖风拂过，枣花簌簌飘落，不久，一颗颗绿豆般的枣儿，便挂满了枝头。枣儿沐浴着暖阳，一刻也没有停止生长，渐渐地，如珍珠、如宝石，闪着莹莹的光泽，煞是惹人喜爱。

枣树挂枣后，我的心就会注入隐约的、甜蜜的希望，日日扬起脸，一遍又一遍地往枣树上逡巡，盼望着枣儿一天天长大，一天天变红。

当枣儿渐渐褪去青涩，青里泛白时，我便会踮起脚尖，伸手摘那挂得低低的枣儿，迫不及待地咬上一口，木木的，不甜，还好，不像青涩的柿子那样苦，也不像未熟的核桃那样涩。

"八月梨枣红，绕墙风自落。"秋风渐起，初霜渐至，枣儿们终于红了脸庞，打枣仪式提上了日程。准备好竹竿、竹筐，喊来左邻右舍，选一个晴好的日子，开始落枣了。

父亲手持长长的竹竿，啪啪啪敲打树枝，枣儿们像下雨似的，噼噼啪啪地四下飞溅。左邻右舍的孩子们飞奔而来，围在大枣树下，欢呼着，追逐着蹦跳的枣儿，一边往嘴里送，一边往竹筐里装，喜悦像潮水般在院子里流淌。

更高处，竹竿无法够到，哥哥便自告奋勇地爬上树，拣枣儿稠密的树枝，奋力摇晃。这时，母亲便又是疼爱又是担忧地叮咛，小心点啊！

又下了一阵枣子雨，孩子们的嘴巴里鼓鼓囊囊的、衣袋里鼓鼓囊囊的，两只竹筐的肚子也鼓鼓囊囊的。渐渐地，打枣风暴平息，人们陆续散去，地上铺了一层青绿的叶子。

母亲舀几瓢枣子，装在小箩筐里，让我给隔壁王婶和村东头田奶奶家送去。这两家和我们走得近，平日借个针头线脑或是插秧打麦什么的，互相帮衬。

我最乐意做这样的差事了！挎起箩筐，满怀欢喜地向这两家走去。王婶没在家，我把枣子放在她家院子里的石桌上。来到田奶奶家，田奶奶正在厨房里做饭。我满怀自豪地大声说，奶奶，给您送枣儿来了！田奶奶的脸绽放成一朵灿烂的菊花，笑眯眯地接过小箩筐，从热气蒸腾的锅里拣几个白白胖胖的大馒头，用瓷碗装了，递给我，说，乖，刚蒸的包子，拿回去尝尝！

我捧着热乎乎的馒头往回走，心里洋溢着幸福的温情，心儿仿佛要飞到蓝天上，在那里荡荡悠悠。

刚打下来的枣子，铺在竹席上晾晒，不久就风干了。母亲把它们储存在坛子里，煮粥时，放几颗枣，一锅粥格外香甜。"日食博陵枣，终生不见老"，红枣有美容养颜的功效，姐姐每天吃几个干枣，出落得越来越好看了！

进入隆冬时节，农人们闲下来了，办喜事的越来越多，这时候，小小的红枣便派上大用场。因枣与早谐音，枣子有早生贵子的寓意。同时，红枣象征赤心真诚，意味着夫妻之间赤诚相待。所以，红枣便成了婚礼上不可或缺的宝贝。

成婚那天，新娘的床上早已撒上了红枣。在噼噼啪啪的鞭炮声里，新娘子入了洞房，坐在撒了红枣的床上，时不时地用手拨弄着那些红枣，脸上洋溢着羞涩又幸福的神色。

我们小孩子最爱看热闹，挤进闹哄哄的洞房。新娘子含着笑意，把喜糖和红枣分享给我们。我们迫不及待地吃着，那份甜蜜，至今难以忘怀啊！

第三辑

寻山问水去

且从枝上吃樱桃

　　南漳的朋友打电话说，我们这儿的樱桃红了，快来摘樱桃！

　　"四月樱桃红满市，雪片鲥鱼刀。"很多天前，在市场上，已能看到红珍珠似的樱桃，买了回来，用清水洗了，酸甜可口，惹人怜爱。荆山深处的樱桃，亲手摘来吃，味道岂不更鲜？

　　周日，便约了几个好友，开上车，向南漳驶去。

　　春已半，阳光温柔，熏风宜人。宽阔的马路两边，树木青葱，野花缤纷，碧绿的野草，直铺到天边。

　　很快，便到了南漳县城境内，在朋友的带领下，我们向樱桃种植园进发。

　　天空碧蓝如洗，几大朵棉絮般的白云，低低地浮在山巅，只觉得天空挂在山峦处，如此低矮，触手可及。地里的油菜，已结出累累的硕果，谦逊地低垂着饱满的头颅，只待农人收割的镰刀。

　　车在连绵起伏的群山深处，蜿蜒前行。山上遍植樱桃树，树不高，叶子碧绿青翠，把漫山遍野，点缀成一片绿色的海洋。我们的车，像一叶轻舟，在碧绿的波涛中，轻轻荡漾。这铺天盖地的绿意，让我的心，欢悦而陶醉。

不甚宽阔的公路两边，偶尔也伫立着一两棵樱桃树。树上挂着一串串红彤彤、亮晶晶的小樱桃，如玛瑙，似珍珠，又像一朵朵红色的小灯笼，笑吟吟地藏在绿叶间，和我们捉着迷藏，真令人无限惊喜！

远远地，看见了一栋白砖红瓦的两层楼房，一座宽敞光滑的院落，房前一带花圃里，月季花娇艳欲滴。屋后绿树环合，流水淙淙，好一处幽静清新的所在！我们的车便泊在了这里。

这是一户山里的民居，也做餐饮。我们在此用午餐，一锅竹笋炖排骨，一盘香肠，一碟红辣椒，几个青菜，一壶自家酿的苞谷酒。竹笋清脆爽口，香肠里香外酥，腌制的红辣椒辣得正好。我们吃得有滋有味，味蕾里，充盈的，满是山野间清新的气息。

饭毕，女主人把我们带到她的樱桃园。一树一树的樱桃，红得像火，黄的似霞，玲珑剔透，掩映在绿叶间，着实诱人！

我们欢呼着，雀跃着，不停地摘呀摘，只恨手不够用！

苏轼在《樱桃》一诗中写道："独绕樱桃树，酒醒喉肺干。莫除枝上露，从向口中传。"此时，攀着樱桃枝的我们，也是边摘边吃，淡淡的香、丝丝的甜，浸入肺腑。

"大姐，您种了多少樱桃树呢？收入不错吧！"我问带我们来摘樱桃的女主人。

"这片山上种的都是，一年收入几万元。"大姐黝黑的脸上，挂着汗珠，也挂着微笑，"樱桃摘了，有小贩过来收。也有像你们这样的游客，来采摘。"

俗话说：好酒不怕巷子深。大山深处，樱桃红了，吸引山外游客纷至沓来。一路上，随处可见一辆辆私家车，载着游客，在山巅盘旋环绕，欢声笑语洒了一路，给寂静的山野，带来了别样的热闹和生机。

《滇南本草》中说：樱桃治一切虚症，能大补元气，滋润皮肤；浸酒服之，治左瘫右痪，四肢不仁，风湿腰腿疼痛。常食樱桃，益处多多。

"且从枝上吃樱桃"，不虚浮生半日游，那一份远游的闲适，和一缕休闲的况味，是宅在家里的人难以体会到的。

春天，邂逅一只刺猬

立春这天，我到龙王镇长岗村表弟家做客。表弟把我们带到他承包的千亩林园参观。

表弟的林园里种植着数不清的樱桃树、梨树、桃树，还有各种叫不上名字的树木。此时，万物复苏，草木萌发，樱桃树上点缀着星星点点的花苞，像一只只亮闪闪的眼睛，惊喜地打量着这个生机勃勃的世界。

我们沿着田间小路边走边欣赏着田园风光。突然，表弟叫道："嘿，这儿有一只刺猬！"

我们忙奔了过去。果然，在一条褐色的土路上，一只灰色的刺猬正缩成一个圆球，浑身的刺像针一样，一根根张开着。

表弟把刺猬拾了起来，放在掌心。这时，刺猬的身体缩得更圆了，只露出几根尖利的爪子和黑豆般的眼睛。它的眼睛半睁着，露出惊恐的神情。

以往我也看到过刺猬，那都是在图片上。而在大自然中看到刺猬，并能近距离接触，还是第一次，喜悦之情真是溢于言表。我想摸一摸它，又怕扎手，只得站在一旁观看。这时，表弟把刺猬放在了地上，它蜷缩的身子慢慢伸成弓形，我终于看清了它的真面目：尖尖的嘴巴，短短的耳朵，圆溜溜的眼睛，嘿，多可爱的小生灵啊！

想到法布尔倾心观察和研究各种昆虫，写出了震动文坛的巨作《昆虫记》一书，我突然萌生了饲养这只刺猬的冲动。我甚至想到了如何给它布置一个舒适的窝、如何照顾它的饮食。

这时，表弟说，刺猬以昆虫和蠕虫为主要食物，一晚上能消灭掉200克虫子，是庄稼的好朋友。

我一时呆住了，对于刺猬的生活习性，我一无所知，忙打开百度查阅。这才知道，刺猬不仅是庄稼的好助手，还是受国家保护的野生动物。且刺猬喜静厌闹、喜暗怕光、怕热怕凉、喜欢大自然，我怎能把它关在家里囚禁起来，供自己观赏呢？

我决定把刺猬放生。怕刺猬在路上被人捉去或者被车碾压，我小心翼翼地把刺猬放到了它喜欢的灌木丛里，希望它不被打扰，安安静静、快快乐乐地生活在青山绿水之间。

这时，刺猬彻底放松了，身子成了一条直线，两只黑豆般的眼睛机警地打量着我们，目光里充满了友善和温暖，似乎在说，谢谢你们，朋友！

清风拂来，田野里氤氲着淡淡的草木幽香，四野一片寂静。我们挥手向刺猬告别，再见了，亲爱的刺猬朋友！愿你在明媚的春光里，一切安好！

神农架的歌者

沈从文在《云南的歌会》中写道:"云南是个诗歌的家乡,路南和迤西歌舞早闻名全国。"然而,神农架民间文艺家协会主席邓志义,却在一次云南的歌会中,战败了所有对手,赢得了满堂喝彩。

盛夏七月,我跟随襄阳民间文艺家协会的一拨文友,前往神农架林区采风,想在这岭高林茂的幽僻之地,觅得一些稀缺的野趣,拾得一些散落的民间文化,加强两地民间文艺的交流和互动。

迎接我们的就是六十五岁的邓志义。他中等身材,黝黑的头发,圆润的脸庞,爱说,爱笑,爱唱。一开口,就停不下来,犹如黄河之水,滔滔不绝。但你绝不会感到聒噪,因为他的语言大多是神农架极富地域色彩的方言土语,穿插着绚丽多彩的民间传说、朗朗上口的民谣、有滋有味的民歌,如一部神农架民间文化荟萃集,立体鲜活地呈现在你面前,令你精神为之一振,耳目为之一新。

他带我们参观神农架自然博物馆、传奇神农印象中心。展柜里,陈列着琳琅满目的动植物标本:银杏、香果、连香、珙桐、金丝猴、华南虎、金雕、秃鹫……站在这些标本前，仿若置身林木茂盛、百鸟啾啾、飞禽走兽的原始大森林中，长风辽阔，山川明媚，让你不得不惊叹神农架的宝藏之丰富，涵养万物的胸襟之广博。

在传奇神农印象中心，横卧着一架一米来长的木质梆鼓。邓志义走至梆鼓前，握住两根系着红布的短棒，一上一下有节奏地敲击起来，边敲边唱："姐在园中薅黄瓜，郎在外面撒土扒，打掉我的黄瓜花，打掉公花不要紧，打掉母花不结瓜，爹妈晓得了骂……"声调不高，略显沙哑，但音韵和谐，朗朗上口，充满了纯天然的原始气息，令我们不禁刮目相看。

在接下来的两天相处中，邓志义几乎歌不离口。全是见景生情，即兴吟唱。当然，与其说"唱"，不如用"说"，更为贴切。

早上一见面，邓志义就唱开了："早晨来得忙，手扳象牙床，郎也舍不得姐，姐也舍不得郎。"活泼有趣的民歌，加上他笑嘻嘻的表情，惹得一车人哈哈大笑。

我们前往神农顶观景，车在如带的盘山公路上攀爬，他又唱开了："门前一架坡，搓脚石又多，白天难得走，夜晚难得摸。"

一路上，山峰林立，重岩叠嶂，树木蓊郁。望着窗外的高山，邓志义唱道："这山望到那山高，那山有架好葡萄，看到葡萄吃不到，看到姐儿不敢挠，不害相思也成痨。"

无论何地何景，邓志义都能以歌词形象生动地描绘，如同一个移动的"歌库"。

晚上吃饭时，他用民歌劝酒，使我们喝了一杯又一杯。"这盅不算盅，刘备与关公，桃园三结义，那忠才算忠。这酒不算酒，日月与星斗，盘古开天地，那久才算久。"

我暗暗地想，邓志义的脑子里，至少装了上万首民歌吧？要不然，怎么能够做到即物起兴、随口吟唱呢？

邓志义唱民歌时，不用普通话，用的是神农架的方言土语，很多字音在字词典里根本查不出来。比如，他把"岩"说成"ái"，把"世界"说成"shì gài"，把"去"说成"kè"……凭借着这些独特的禀赋以及对民俗文化的热爱和传承，邓志义获得了"神农架方言土语代言人的称号"。不仅如此，邓志义还搜集、整理、创作出版了《神农架花锣鼓》《神农架夜锣鼓》等著作，是神农架区市级非物质文化遗产山锣鼓代表性传承人。

我向邓志义打听神农架的民歌，他面色凝重起来：

神农架林区地处川、鄂、陕三省交界，是湖北省境内长江与汉江的第一级分水岭，河流众多，水资源丰富，特殊的地理环境促进了该地区民歌早期与其他毗邻地区民歌的交流与传播。因其地势险要，交通闭塞，神农架民歌成为早期神农架人的主要娱乐方式，极大地丰富了人民的精神文化生活，也正因为如此，神农架民歌才得以流传至今并且保存得较为完整。随着社会的不断发展，民间文化受现代传媒的冲击，以及大量人口外流，老艺人退出舞台等因素，民歌传唱后继人才匮乏，民歌文化的传承与保护越来越紧迫和必要。为了培育民间艺术传承人，神农架举办了"民歌王大赛""民风民俗文艺汇演"等活动，并且还认定了许多民歌文化传承人。

两天的行程即将结束，在邓志义的两层小楼前，我们向他频频挥手告别。道别的话语里，充满了深深的不舍和敬意。这个民间文化的守望者，因为他的坚守和传承，让我们看到了民俗文化蓬勃发展的未来。

这是七月的羊城，高大的榕树枝繁叶茂，端庄的木棉苍翠欲滴，洁白的茉莉吐露芬芳。空气里，一波波的热浪缥缈袭人。

广州社会主义学院的一楼会议室里，端坐着一群认真听讲和做笔记的学生——来自襄阳的党外人士和新的社会阶层。在襄阳统战部工作人员的组织下，他们齐聚在这里，进行为期一周的学习和培训。

我有幸参加了这次活动。

第一天的破冰活动中，大家互相介绍自己。走上台去的，是一张张坦诚自信的脸。声音洪亮，举止优雅，谈吐不凡……我意识到，这是藏龙卧虎之地，这些学员非等闲之辈。

他们求知若渴，每一节课都早早来到教室，认真聆听老师讲课，笔记做得一丝不苟。我了解最多的，是坐在我旁边的张莉和罗晓丹。

张莉不仅在课堂上认真听讲，下课以后，还孜孜不倦地看书，并且，每天必写两千字左右的文章，这是她数年如一日的坚持，从未间断。正如齐白石老人每天画五幅画一样，她不让一日闲过。

和我住一室的"90后"姑娘罗晓丹，每天晚上睡觉前，必跟着手机朗读英语，流畅纯熟的口语，让我疑心同室的是一位老外。晓丹是一位英语老师，却热爱文学创作。她说，在上大学的时候，已经把学校里关于文学创作理论的书全部读完了，这对于她走上文学创作道路，有巨大的指导意义。难怪小小年纪的她，已经出版了一部科幻小说。

鲁迅说，哪里有什么成功，我是把别人喝咖啡的工夫都用在了写作上。

原来，所有成功的背后，都是用辛勤的汗水和艰辛的努力换来的。正如《真心英雄》中所唱："把握生命里的每一分钟，全力以赴我们心中的梦，不经历风雨，怎么见彩虹，没有人能随随便便成功。"

我所在的第三组还有两位朋友让我印象深刻。

个头不高，平头，精瘦，脸颊上永远挂着笑容，激情飞扬，看起来只有二十多岁的小伙子，是襄阳古玩城的老总——李少国。

这个年月，做古玩不赚钱，特别是在襄阳这个生活水平不太高的小城市，欣赏古玩更是小众的爱好。

闲谈中，听到李少国无奈地说，我现在每个月亏四五万，不过，我会一直坚持下去。就如同今天老师所讲，我们总会遇到险滩和暗礁，这个时候，要勇敢地跨越这个障碍，坚持下去。暗礁激起的浪花，会光亮夺目。我爱好文艺，喜欢和书法家、画家等艺术家做朋友，所以，当前尽管遇到这样那样的困难，我依然会负重前行。

李少国坐在餐桌旁，餐厅里柔媚的灯光在他的脸上洒了一层金粉，让他散发出神一样动人心魄的力量。

而在周三晚上的讨论中，爱尔眼科医院的夏良琴院长，则让我有一种下拜的冲动。她说："这么多年来，爱尔眼科一直在做公益活动，付出爱，传递爱，收获爱，这是我们一贯秉持的做法。爱尔眼科医院在这种良性发展中，走得越来越稳健，越来越远。"

《论语》中说："见贤思齐焉，见不贤而内自省也。"

遇知音，结高人，是人生中的两大赏心乐事。

这些优秀的朋友让我知道，唯有努力，唯有向真向善，唯有永不停歇地奔跑，生命才会呈现出最美的姿态。

学习的课程内容分为两部分：专题讲座和现场教学。

给我们授课的老师们博学多识，课讲得深入浅出。其中，给我印象最深的两节课是：广州市社会主义学院文化交流部的教授庞滔讲的《当前国际形势与中国区域发展战略》和广州市委党校教授李仁武讲的《坚定文化自信，推动社会主义文化繁荣兴盛》。

庞滔教授讲了二战以后世界四次经济大转移，分析了国际国内形势以及当前的中美贸易战等。原计划五点钟下课的庞老师，讲到近六点钟。雷鸣般的掌声一阵阵响起，经久不息。

说实在的，这是迄今为止，我听到的最为精彩的一节课，极大地拓宽了我的视野和增长了见识。和其他同学一样，获得知识的幸福感像潮水一样，一浪浪充盈着我心灵的潮汐。只感到周身温暖通透，如饮月光，醉了方休。

经常与文字打交道的我，自然特别关注文化讲座。李仁武教授的讲座，主要是对新时期习近平总书记关于文化自信思想的阐述。

精彩内容分享如下：

当今这个时代，谁控制了话语权，谁就控制了世界的未来发展。

美国视听产品是仅次于飞机的第二大出口商品，约占国际市场的40%。

社会主义文艺是人民的文艺，必须坚持以人民为中心的创作导向，深入生活、扎根人民中进行无愧于时代的文艺创造。

要繁荣文艺创作，不断推出讴歌党、讴歌人民、讴歌英雄的精品力作。

……

如在茫茫大海里航行遇到了明灯，这些理念，为我今后的文学创作指明了方向。

如果说室内的讲座让人甘之如饴，那么，室外的现场教学则更直观和震撼人心。

周四的上午，暴雨如注，瓢泼而下，闷热的羊城泡在白亮亮的汪洋之中。

我们的车像一艘乘风破浪的大船，九点，准时行驶到了黄埔军校旧址纪念馆。

一眼就看见了"陆军军官学校"几个粗黑的大字。两棵大榕树立在校门口，绿荫如盖。虽然暴雨并未停歇，但园内游人如织，最亮眼的是一队队穿着校服的学生，排着整齐的队伍，有序地边走边看。

挂在墙上的"黄埔岁月"，是对黄埔军校的简介：

第一次国共合作时期，为培养革命军人、挽救中国的危亡，孙中山在长洲创办了黄埔军校。从 1924 至 1930 年间，军校在长洲岛共举办了 7 期，毕业学生约 1.2 万人。军校学生作为革命的生力军，在平定商团、统一广东、北伐诸战役中都作出了重要贡献，成为广东革命政府的坚实后盾。

展柜里，那些发黄的手稿、破旧的军服、珍贵的纪念章、尚未拉响的手榴弹……穿越悠远的时空，为我们展现了一个风起云涌、战火纷飞、硝烟弥漫的时代。不知何时，我早已眼眶湿润，泪水涟涟了。心中弥漫的，是对军人们的那种抛头颅洒热血的英勇牺牲精神的敬佩和对今天和平幸福生活来之不易的感慨。

在辛亥革命纪念馆，这种思想得到了进一步的升华。站在孙中山先生的照片前，我默默地看着先生那双睿智的眼睛和他端庄大气的手稿，想着先生领导的上十次起义，以及他制定的三民主义，心里的敬意和感动之情溢于言表。

想起易卜生的话："你最大的责任是把你这块材料铸造成器。"生活在和平时代的我们，唯有珍惜当下的每一寸光阴，让自己不断充实和丰盈，成为一个有益于国家和人民的人，方不辜负孙中山先生的一片赤诚之心，不辜负那些使中国人民站起来了的英雄们的赤胆忠诚。

走出纪念馆时，雨依然倾盆而下，我们的心，也像受到了雨水的洗礼，澄净而清明。

越秀公园

在越秀公园里行走，如步入了原始森林。

入眼的，皆是翠碧鲜绿的植物。

高处，是枝繁叶茂的树木。高大、粗壮、品种繁多。每株树上都挂着牌子，写着树名：榕树、红椎、白椎、构树……

低处，是各类小灌木、地被植物，一蓬一蓬，欢欢喜喜聚在一起，苍翠欲滴。阳光透过树木的缝隙，零星地洒落下来，那绿油油的叶面上，像有无数的小蝌蚪在欢快地跳舞。

最吸引我的，是榕树。

记得小学课本里，学过巴金的《鸟的天堂》，里面写到榕树："当我说许多株榕树的时候，朋友们马上纠正我的错误。一个朋友说那里只有一株榕树，另一个朋友说是两株。我见过不少榕树，这样大的还是第一次看见。"

到底有多大的树木，才会被看成许多株呢？这份好奇一直埋藏在我幼小的心里。然而，这种适合在南方湿润的环境里生长的树，在我所生活的中部城市是没有的。于是，这个好奇的种子一直埋藏在我的内心深处，如今，忽地萌芽了。

如同邂逅一个早已情义相通却未曾谋面的朋友一般，我心怀喜悦，细细地打量起它来。

树冠阔大，如擎着一把巨伞，有覆盖万物的气势。主根格外粗大，主根外扎着密密麻麻的根须，盘虬卧龙一般。这些根须在空气里恣意生长，如锥子一般钻进土里，又长成了粗壮的树木，欲把一棵树演变成一座森林。

我脑海里立时涌现了一个成语：独木成林。

这真是一种神奇的树啊！

"吱吱吱——"是知了隐蔽在林间唱歌；"啾啾啾——"有鸟鸣在头顶盘旋。

"听，还有青蛙叫呢！"同行的晓丹惊喜地说。

四下寻找，果然看见了一带池塘，池塘四周竹树环合，参差披拂。蛙鸣就是从那里发出来的。

"久居城市里，好久没有听过蛙叫了啊！"书卷呆望着那方池塘，幽幽地说。

是啊，"稻花香里说丰年，听取蛙声一片"，那是农人的幸福，不承想，在这繁华的闹市中，竟然也能听到蛙鸣，不能不说，这是一方净土。

"曲径通幽处，禅房花木深。""花木深"，这几个字，真好。走在鹅卵石铺就的石径上，横柯上蔽，枝条交映，深深的花木簇拥左右。那碧绿如河流一般，缓缓流动，一直流到我们的心里。我们仿佛驾了绿舟，在烟波浩渺的碧波里，轻轻荡漾。

朱德曾为越秀公园赋诗一首：越秀公园花木林，百花齐放各争春。唯有兰花香正好，一时名贵五羊城。

可惜这是闷热的七月，我没有看到百花齐放的壮观景象。但这四处流动的绿，已让我沉醉。

看见了一段明代的古城墙，逶迤伸展，隐没在丛林深处。古城墙我见得多，不觉得稀奇。襄阳的古城墙多的是，且历史悠久，保存完好，具有极高的艺术价值和深远的历史意义。吸引我注意的是，这段城墙上攀附着的一株株触须众多的树。这些树如一张张大网，爬在墙面上，牢牢地将墙壁罩住，成为一道独特的风景。这些附墙而生的树木，也和古城墙一样，经历了几百年的风霜吗？

见许多人围在一座高大的石像前照相，我们奔了过去。

原来，这就是赫赫有名的五羊石像。只见五只山羊拥立在一起，其中大山羊居中，昂首远眺，深沉威武。其余的四头山羊环列四周，或跪乳感恩，或深情回首，或嬉戏打闹，或吃草饮水，灵动可爱。

关于这座石像，还有一个有趣的传说故事呢！五位仙人各乘坐一只羊下凡，把优良的稻穗赠给了广州人，并把五只仙羊化为石羊也留下来。于是，广州又叫"羊城""穗城"。

我终于明白了广州又叫"羊城"的原因。

公园里，还有众多景点：孙中山读书治事处、镇海楼、广州博物馆……行走其间，只觉得深厚浓郁的文化气息，扑面而来。

三三两两的游人，或漫步于石径小道，或徜徉于博物馆，或临溪而读，或凳上小憩，放松惬意，安闲自在。

看过很多公园。那些公园里面虽然有大面积绿化，却少了文化底蕴，多了商业气息。进入其中，充斥眼帘的，不是这一圈蹦蹦床，就是那一座滑滑梯，再走几步，又是一座淘气城堡。商贩们背着钱包，数着钞票，热情地招徕生意。看似喧嚣热闹，却少了一座公园应有的幽雅与宁静。

一座公园，是一座城市文化底蕴的浓缩，是一座城市文化脉络的名片。

吃早茶

早就听说广州人有吃早茶的习惯。把喝茶美其名曰为吃茶，一个"吃"字，尽显其中的闲情逸趣。不过，还别说，广州人吃早茶，那是名副其实的"吃"。早茶吃的不仅是茶，更重要的是茶点。

来到广州的第二天，我也决定去吃一次早茶。

有两位朋友前一天晚上在又一间茶点轩吃茶，大赞那里环境幽静，点心味道可口，并把地址发给了我。

第二天，不到六点，我就起了床。洗漱已毕，打开百度地图，很快找到了又一间茶点轩。

才六点多一点，茶点轩里已坐了很多喝茶的人。清一色的老年人，或夫妻，或朋友，两两对坐，神情寡淡，慢斟轻饮，静默无声。

也别说，只有老年人有闲暇时间在这里慢慢消磨光阴，年轻人哪一个不匆匆忙忙地上班呢？

见一六十多岁的老者漫不经心地翻着报纸，他对面的座位空着，我便大着胆子坐了下来。

老者抬起了头，漠然地看了我一眼。

我搭讪道，师傅，您每天都来喝早茶吗？

当然啦！喝喝早茶，吃点点心，看看报纸，十一点的时候，到公园里去遛遛。

老人埋下头，继续看他的报纸。我不便打扰，道了声谢，离开。

这时候，茶点轩里的人更多了，几乎座无虚席。

我决定也点一杯茶，慢慢坐喝。

服务员把我领到了一张坐了四个人的大圆桌前，说，您和他们拼桌好吗？

我点头应允。后来才知道，拼桌一壶茶只需五元，而坐卡包，一壶茶六元。

很快，服务员端来了茶叶，我选了一包铁观音，用沸水泡了，自斟自饮。

不久，陆陆续续又来了几位客人，一张桌子很快座无虚席。

坐在我身边的，是一个五十多岁的大姐和她八十多岁的老母亲。老母亲头发皆白，面容清瘦，不时拿眼好奇地打量我。其他的老人，个个神情寡淡，只默默坐着，饮茶，不说话。

见我主动问好并自我介绍，那位大姐热情地说，每天这里都有打折的菜，今天窝蛋牛肉粥特价，很便宜。

我说，我只想喝茶而已。

大姐说，那不划算啦，不吃早餐，只喝茶得十元。

喝了一会儿茶，大家开始陆续点餐，我点了一份农家自制濑粉，糯软、爽滑、味道鲜美。

这天的早茶及早餐，共十三元多。便宜。

服务员撤去餐具后，大家又开始斟茶品茗，开启了慢节奏的休闲模式，我向大姐打了招呼后离开。

过了两天，约了几个朋友一起，又吃了一次早茶。这次选在几十年茶点老店——点都德。

大约因为是周末，店里年轻人居多。

与又一间比起来，这里的环境更简洁明快，灯光明亮。

服务员上了一壶水，放在细火上慢慢温热。我们选了菊花茶，开始边喝边聊。

点了很多点心：叉烧包、虾饺、红米肠、蛋挞、凤爪、流沙包、榴梿酥……以甜食居多。

我最喜欢吃的是叉烧包。越吃越上瘾，吃了一个又一个，直到肚子鼓鼓的，方才醒悟，辛苦减肥小半年，一下子回到解放前。

叉烧包看起来和我们家乡平时吃的包子差不多，但里面包的馅不同，口感迥异。

我们家乡吃的包子，多是韭菜鸡蛋馅、萝卜馅、牛肉馅、地皮馅，味咸、香。

叉烧包面皮松软，馅甜、红润、晶亮。

叉烧包的味道主要取决于叉烧肉的味道。叉烧肉的做法并不烦琐：全瘦肉放入碗中，佐以黄酒、砂糖、叉烧酱、生抽、老抽、蜂蜜、大蒜，搅匀，覆上保鲜膜，冷藏，后将肉放入烤箱里烤熟即可。

以前，我曾在一家超市里买过叉烧肉，回家后切了食用，觉得味道不错，但和这里的叉烧包馅的味道比起来，味道差远了。

虾饺也是广州的特色菜。我们点了餐后，不久，一小蒸笼虾饺便摆在眼前。每只饺子里，卧一个肥硕鲜美的大虾。饺子皮白如雪，薄如纸，半透明，内馅隐约可见。吃起来，爽滑清鲜。

在我的家乡，大虾也是人们餐桌上常见的美味佳肴。有清蒸大虾、香辣虾、基围虾、麻辣大虾等做法。

因襄阳位于湖北北部，靠近中原地区，饮食风格受中原地区影响，嗜辣，几乎所有的菜都要放辣椒，所以，麻辣大虾在我们那里最受人青睐。

刚进入夏季，大虾便在每一家酒店里闪亮登场了。如雨后春笋般，街头巷尾里次第钻出一个又一个大排档。夕阳快要落山的时候，这些大排档门口便摆出一排排桌凳，一箱箱啤酒，不久，顾客三五成群而来。服务员提了茶壶，倒茶，点菜。

不多久，一盆盆麻辣鲜香的大虾便摆在了桌子上，再配几个小菜，几瓶啤酒，一顿丰盛美味的晚餐便热火朝天地开始了。

之所以在大排档里吃，一是在室外，空气清新。二是价格便宜。通常，大虾吃一盆送一盆，啤酒免费。老板薄利多销，赚辛苦钱。三是有氛围，举目四望，皆是吃大虾的人群，谈笑风生，好不热闹。一顿饭下来，个个大有武侠好汉的耿直和快意。

广州这里的饮食偏清淡，清中求鲜，淡中求美，对于我这个一向口味偏清淡的人来说，无疑是走进了美食的天堂。

获得每一位朋友青睐的点心，则是红米肠。这是我从未吃过的小吃。

红米肠的外形看起来像春卷，但比春卷看起来喜庆、大气。表皮红艳鲜亮。味道富有层次，绵密酥脆中透出一丝鲜嫩。

吃完点心后，我们又泡了壶茶，每人斟一杯，喝茶，聊天，轻松而愉悦。不知不觉间，几个小时的时光悄然溜走，竟浑然不觉。大约好时光总是如此，千年也不过一瞬吧！

吃早茶，吃的不仅仅是茶水本身，更是一种健康的生活方式和休闲的人生况味。

北京街

在广州社会主义学院学习，闲暇之余，常会四处逛逛。去得最多的地方，是北京街。

这是一条繁华热闹的商业街，街道两旁，高楼林立，商场遍布。特别是晚上，霓虹灯闪烁夺目，街边铺子里，商品琳琅满目，行人络绎不绝。

正走着，忽然看见一段千年古道遗址，卧在钢化玻璃下面，心里霎时涌满惊奇和欢喜。

据介绍，2007年7月初，北京路步行街在整饰工程路面开挖过程中，出土了大量砂岩石条和古城墙砖。经过两个多月的抢救性挖掘，掘出了自南汉以来共五朝11层路面。有关部门在征询各方意见后，决定用玻璃钢罩覆盖其上向市民展示。

变废为宝，保护传承，在历史文明的车轮滚滚行驶之时，携着历史遗迹一同前进，这种兼容并包的心态，让人不得不大力点赞，并为之肃然起敬。

在四围鲜花的点缀下，古道遗址静静地躺在那里，展示着宋朝的青灰砖、明清的黄沙岩石板、民国时期麻石板路面……目光聚焦于此，只觉得古风郁郁，有种穿越到古代的感觉。

不能不说，北京街是一条集古典氛围与商业气息于一身的街道。

再往前走，看见了一座赫然矗立着的寺庙——大佛寺。

寺庙高大雄伟，重檐瓦阁，金碧辉煌，在古木的掩映下，庄严肃穆。看简介方知，大佛寺始建于南汉时期，后几经扩建和改修，成为岭南有名的佛教名胜古刹。

在大雄宝殿的香炉前，前来烧香许愿的人络绎不绝，人们焚香跪拜，磕头许愿，成为闹市里一道独特的风景。

进入其中，看见了丰富的佛教文化。令人称奇的是，西侧一隅，竟然还有一间朴拙、典雅的书吧。有三五人闲坐其中，看书、品茗。

在繁华的闹市里，雄踞一座寺院，本已够奇，在寺院内，还辟有一间活色生香的书吧，不能不让我叹为观止。

在一家商场门前，看到了一个指示牌，上书：一楼地下室，展示西汉南越国宫署遗址。

打开手机一搜，发现北京路上，这样的历史文化遗址还挺多：秦番禺城遗址、秦汉造船工地遗址……

于是，这座繁华文明的街道里，古色生香的建筑和现代化的高楼杂然相间，厚重的古老历史与洋溢的青春活力，互相碰撞，互相交融，完美结合。

绿杨堤畔闹荷花

每日清晨，我都会去河堤上散步。

河堤的一侧，有方一眼望不到边的荷塘，这个时节，一池碧绿，团团粉红，点点洁白，分外悦目。

我喜欢伫立在岸边，静静赏荷。

天空高远，大地辽阔。碧蓝的天幕下，荷塘水波微漾，层层叠叠的荷叶，像水面上盛开的绿花，大朵大朵地蔓延着。在铺天盖地的绿意里，粉的、白的荷花，有的俏立茎上，忘情吐蕊；有的红唇微启，含苞欲放。偶有一条鱼儿，轻快地摇着尾巴，游弋过来，在水面上调皮地探出头来，又倏忽不见了。

岸边，是一株株临水而立的垂柳，它们撒下千万条绿丝绦，深情地轻拂着这一池碧波，为她们梳妆，与她们呢喃。

想起了那次去游杭州西湖，和友人走在如画的苏堤上，也是夏季，长长的苏堤上，有三三两两的游人，夕阳的余晖给西湖的水波笼了一层柔光。走至一处拱桥附近，忽然看见弯弯的拱桥边，立了十多株垂柳，纤柔的枝条，有意无意地轻拂着碧波，那水面上，盛开着一片绿意葱茏的荷叶。刹那间，只觉得眼前美好得如一阕宋词，令人心旌荡漾。

至此，我觉得垂柳与池塘，以及池塘里袅娜着的荷花，乃大自然天造地设的绝配，总能在不经意间，构成一幅韵味悠长的水彩画。

北宋仲殊也喜欢这样入画的景致，他在《南柯子》里写道："白露收残暑，清风散晓霞。绿杨堤畔闹荷花。"我尤其喜欢这个"闹"字，它把杨柳与荷花亲密无间、自由欢畅的姿态，尽情地展现了出来。

"荷风送香气，竹露滴清响"，起风了，满池的荷花轻轻摇曳，清幽的芬芳拂面而来，沁入肺腑，临岸而立，心里涌满的，俱是清欢。觉得庸常的日子里，盈满了诗意和美好。

一农人戴着斗笠，穿着长靴，撑了舴艋舟，向荷塘深处划去。他把刚采的莲蓬和荷叶，轻轻放在舟头。

多么熟悉的一幕啊！

小时候，家门前也有一方池塘，入夏，荷叶亭亭如盖，荷花清香馥郁。我和邻居女孩小英常在这块池塘里采荷花，掰莲蓬，摘荷叶。回家后，把莲花插在玻璃杯里，满屋子鲜活生动起来，母亲的眼睛里多了一抹亮色；吃甜生生的莲子，时不时给奶奶嘴里塞几粒，奶奶脸上的笑容，像涟漪一样，一点点散开；把荷叶顶在头上，做伞，暑气便一点点后退，我和小英也成了绿莹莹的小人儿。

如今，我成了一名教书匠，小英依然驻守在家乡，承包了几十亩堰塘，种莲，养鱼，开农家乐，成了远近闻名的致富能手。

前几天，我回到了阔别多日的家乡。远远地，闻到了清幽宜人的荷花香。扑入眼帘的，除了绿树掩映的一栋栋小洋楼和一眼望不到边的荷塘外，还有一辆辆小轿车，在乡间水泥路上，欢快地飞驰。

原来，这是些城里来的游客，周末来这里赏荷、钓鱼、吃农家饭。他们把欢快的笑声，洒在乡村清朗的上空，成为一道亮丽的风景。

荷，已为乡亲们带来了巨大的经济利益，成为乡亲们走向幸福生活的瑰宝。

李渔在《闲情偶寄》中写道："是芙蕖者也，无一时一刻不适耳目之观；无一物一丝不备家常之用也。有五谷之实而不有其名，兼百花之长而各去其短，种植之利有大于此者乎？"

是啊，还有什么比荷，更能让我心生欢喜和感动呢？

小温暖

一

是一个黄昏，在房县，一条行人稀少的巷子里，遇见了那家小店。

只有一大间店面，用一道墙隔着，里面做厨房，外面摆着四五张桌子。

店老板五十多岁，穿着干净整洁的衣服，闲闲地坐在那里喝茶。一个三十出头的小伙子，大概是店老板的儿子，热情地招呼我们落座。

四个人点了四个菜。很快，菜上齐了。酱豆子炒腊肉、煎玉米浆饼、凉拌黄豆芽、青椒鸡蛋。盘子大，分量足，每一盘菜都堆得小山似的。腊肉肥瘦适中，香而不腻；黄豆芽脆生生、香喷喷的。玉米浆饼圆圆的，两面炕得金黄，微甜，发酵味浓郁。

第一次吃玉米浆饼，被它独特的味道所吸引，我就向老板请教这道菜的做法。

老板微笑着走了过来，细细地介绍道，玉米泡水，然后去皮，留下的玉米浆发酵两天，和成圆饼，加糖，放在电饼铛里煎，两面焦黄，出锅装盘。

说着，他走到墙角的冰柜前，掀起盖子，提出一袋黄澄澄的玉米浆，说，看，就是这做的。

其实，玉米浆饼味道很一般，但老板这番热情洋溢的讲解，令我的心如拂过了一缕春风，暖暖的。

同行的老朱抱出黄酒坛子，每人面前倒了一碗。黄酒姜糖色，轻抿一口，甜甜的，酸酸的，有点咸，有点涩，软糯，绵长，口感很好。

黄酒是半个小时前，老余送给我们的。老余瘦瘦小小的，戴一副眼镜，走路内八字，有一手酿造黄酒的绝技，是房县非物质文化遗产传人。

听说我们要经过他的酒厂，老余提了两提黄酒，在酒厂门口候着。见我们到来，笑眯眯地走了过来，把酒放到我们的车上。直到我们的车跑出老远，老余还在那里站着，向我们挥手，脸上挂着温情的笑。

我们正谈着老余，老板走了过来，手里提着一壶泡好的茶，放到我们近前的桌上，又问我们菜是否合口。我们连声说，好！好！好！

老板露出满意的笑容。那笑容很暖，像明亮的太阳，一下子把人的心，照得亮亮的。

二

在房县的一个不起眼的巷子里，偶然看见了一家"襄阳牛肉牛杂面馆"。"襄阳"二字一落入眼里，顿觉亲切起来，我们便毫不犹豫地走了进去。

是新装修的店面，崭新的桌椅，摆得整整齐齐。桌子上一律放着抽纸、调料。墙角的空调里，吹出来的风，很凉爽。进门醒目的位置贴着价目表：牛肉牛杂面 10 元，豆腐海带面 6 元，鸡蛋免费（店新开业，做活动）……老实说，价格真不贵。

老板是一对年轻夫妇，男的留着寸头，是个精神小伙；女的梳着丸子头，一对大眼睛，铜铃似的。她抓了一把豆芽，又抓了一把面，在滚沸的水里掏一掏，倒入碗里，递到我跟前，说："这够吃吗？"我说："够了。"她说："不够再来添哈，管饱！"声音爽爽快快的，像她人一样干净利落。

老朱说："我们是襄阳的，今儿到你们这尝尝家乡的味道。"

男老板说："我是樊城人，在火车站附近住。"

老朱说："我也是樊城区的，在太平镇住。"

"正宗老乡！"两个人脸上都浮出亲切的笑意。不是男老板手忙活着，他们或许会握手。

面递了过来，一大碗面上，盖着厚厚的一层牛肉，麻辣鲜香，味道不错。

我们正吃着面，男老板走了过来，说："老乡，味道咋样？"

"挺好的！"我们说。

这时，老板掏出一包香烟，递给老朱。老朱摆手说："谢谢，我不抽烟。"

"再喝碗黄酒。"说着，男老板提过酒壶，给我们面前的碗里斟满。

"谢谢，谢谢！"我们由衷地感谢着。

"才从家乡过这边来，我们襄阳牛肉面麻辣鲜香，每个襄阳人早上都爱吃一口。我就想着，房县的人会不会也爱吃这个面，正好这边有个亲戚，给我盘下这个门店，于是，就在这儿开张了。"男老板说。

老朱说："襄阳牛肉面，人人都喜欢！在房县开这个店，要得！"

老板脸上浮出一团笑意。

临别时，我们挥着手，向男老板告别。他也招着手，说："再见！再见！"

或许，我们和他，再也不会相见。但此刻，在异乡，我们每一个人的脸上，都写满了真诚；我们每一个人的心里，都充满了花香般的温暖。

只要心中有爱，即便萍水相逢，也如遇故人，如沐春风，倍感亲切。

三

在四川若尔盖县索克藏寺门口，遇到两位僧人，一胖一瘦，相对而坐，正在吃饭。小小的一方石桌上，摆着酥油茶、饼子、青稞糌粑。胖僧人一手拿根牛骨头，一手攥把小刀，一点一点剔上面的肉。看见我们，他热情地指着旁边的一把椅子，连声说，坐，坐。

我坐了下来，胖僧人拿起盘子里的饼子，一一分给我们。

"你们还能吃肉啊？"我好奇地问。

"能。"瘦僧人爽快地说，脸上挂着快乐的微笑。

"能抽烟、喝酒吗？"

"不能。"

看着石桌上摆着一袋粉状东西，我问："这是什么？"

"青稞糌粑。要不要尝尝？"瘦僧人友善地说。

"糌粑"二字，我只在书里见过，至于什么味道，真不知道。在好奇心的驱使下，我点了点头。瘦僧人拿一个小勺，盛了一勺子糌粑，放入一个小碟里，递给我。

我感激地接过来，尝了尝，这不是和母亲做的炒面一样的味道吗？

那时候，我上中学，住校。每周上学时，母亲都会炒一袋子面粉，让我带上。饿了，就盛两勺子炒面，用开水搅拌一下，至黏稠状，便可食用，很香。

不过，这么多年过去了，母亲再也没有炒过面粉，我也没有再吃过这种炒面。尝了这青稞糌粑，三十年前的记忆，一下子苏醒过来，只觉得心里充满了暖意。

我们准备离开时，一个脸膛黝黑的男人走了过来，拿牛骨头的僧人又热情地向他招呼道："坐，坐！"那男人摆了摆手，走过去了。自始至终，两位僧人的脸上，都挂着热情友善的笑容。

我喜欢这样的笑容，纯纯如天边的月，光洁而美好，把人的心，涤荡得一尘不染，空灵澄明。

四

一个晚霞燃烧的黄昏，我们在迭部县代古寺的一个小店里吃饭。

这是一家昨天才开的小店。店里没有空调，只有三张桌子和一个大冰箱。女店主三十出头，一脸青涩，手忙脚乱地找菜单、找笔。

我理解她刚做老板的生疏和不易，接过她手里的笔，自己写菜单。她的两个孩子，一个儿子一个女儿，看样子都是小学生，不时轮换着给我们倒茶水。

"真勤快！"我赞叹着。那俩孩子来得更勤了，一会看看这个的杯子是不是没水了，一会看看那个的杯子是不是水浅了。真是又懂事又惹人怜的孩子！

男主人搬了一张桌子，和几个朋友坐在外面喝酒。我出去晃了一圈，想看看能否也坐在外面吃。男主人看出了我的心思，忙站起来，要把桌子挪开，让我们坐在这。我说，不用，谢谢。

这时，老朱抱了黄酒酒坛子，问男店主喝不喝黄酒。男店主谢绝了。但老朱抑制不住热情，还是给他倒了满满一杯。离开时，老朱又抱起黄酒坛子，给男店主倒了一杯。男店主高兴地说，好酒，好酒！

"你们忙啊！"

"一路顺风！"

主客热情洋溢的道别，在夜空下响起，皎洁的月光，给周遭涂抹了一层温柔的色彩，不远处，秋虫在唧唧唧地鸣叫，啊，一切都是那么祥和美好！

我感动于人生旅途中，这点滴的温暖和不带任何杂质的纯真情义。这平凡而琐屑的温情啊，让平淡而庸常的日子，充满了花朵般的芬芳和春天般的明媚。

威海印象

威海是一座三面临海的城市，碧海蓝天，空气清新，非常干净。这里的楼房设计精美但并不特别高大；绿化率很高却没有高大茂盛的行道树；虽是海滨旅游城市却没有熙熙攘攘的车流和人流。一切都显出安静和低调，朴实和清幽。

威海和韩国隔海相望，坐飞机只需要一个多小时，从威海到韩国比到北京还快。因为地缘关系，威海和韩国不可避免地交融深厚。在威海的大街小巷，随处可以看到韩国的酒店、KTV以及韩国的服装鞋帽等。威海的各店铺的中文下面都标有韩文。在威海生活的韩国人也非常多。据导游介绍，威海市内居民中，本地人、韩国人、东北人的比例是4：3：3。

说到威海的东北人多，还真是如此。昨天晚上我去超市买东西，店老板及收银员都操着地道的东北口音。因为我曾经在哈尔滨待过一段时间，对东北人东北话倍感亲切，便忍不住问，你们是东北人吧？他们说，是啊是啊！

威海的东北人可真多，在威海的大街小巷，东北口音是随处可以听见的。但有时候听起来是东北口音却未必真是东北人。

我们的导游是个非常漂亮的女孩子，说话总要在句尾带个"嚎"字，比如，"在这个地方玩十五分钟，嚎！""东西拿好了，嚎！""大姐您当心点，嚎！"这使我想到了小沈阳的小品《不差钱》，他们说话的腔调不是一样一样的吗？于是，我便忍不住问导游："您是东北人吗？"美女导游却说："我是威海人啊！"

其实，东北人的祖籍大部分是山东的。当年闯关东，许多山东人到了东北，如今许多东北人又陆续回到了山东，他们与当地的居民融合生存。所以，在山东威海，人们说话的腔调是丰富多彩的，你可以听到标准的普通话，也可以听到威海本地口音，更能听到纯正的东北口音。

走在威海的街道上，可以看到这样的宣传标语"传君子之风，扬威海精神""爱心献社会，真情暖人间"……那么，我感受到的威海这座城市文明程度是怎样的呢？

威海城市的确很干净，很安静，人流、车流量小，没有嘈杂之声。马路上的汽车跑得慢慢的，没有刺耳的鸣笛，司机也很注意礼让行人。

有一次，我们几个朋友一起过马路，看见前面来了一辆车，我们本能地停了下来，等待汽车先过，谁知，那辆车也随之停了下来，司机向我们挥着手，示意我们先过。当时，我们都感叹道："这位司机真是很讲礼貌啊！"

不过有些威海人给我的印象却没有谦谦君子风范。

第一天到威海时，我们来到了之前定好的安然酒店，但酒店工作人员却告知我们，客房已经给了他人，我们只好另找酒店住宿。来接我们的司机师傅在接下来的几天中一直开车接送我们，时时流露出唯利是图的本性。

但威海确实是一个宜居的海滨城市，由于三面环海的地理特征，这里的夏季凉爽宜人。特别是霓虹初上的晚上，宽广辽阔的海边是人们休闲纳凉的理想之地。夕阳缓缓在西边天隐去，彩霞染红天边的时候，海滨上已经散落着三三两两的游人，他们沐浴着海风在堤上漫步，在柔软的沙滩上闲聊，消去一天的劳累。

我们几个外地游客当然也不能辜负这美丽的夜色，每晚都穿行几条街道，来到海边漫步。在习习的凉风吹拂下，真切地感受到了这座城市的清静和神秘。

从历史的视角来看，威海是中国近代第一支海军诞生地，是清朝北洋水师全军覆灭的国耻地，是惨遭英国殖民统治 42 年的屈辱地。而承载着这一历史印记的旅游景点，当推刘公岛。所以，来威海旅游的人，刘公岛不容错过。

也正是因为去刘公岛，我第一次在波涛汹涌的大海上乘风破浪，第一次看到了大海的辽阔无边，那种无比的新鲜和刺激真是让人永生难忘。

在刘公岛可以看到清朝北洋海军提督府、水师学堂等大量文物古迹，还可以看到英国殖民统治时期遗留下的众多欧式建筑、中日甲午战争博物馆，可以清晰地了解那段惨痛的历史时期发生的震惊中外的历史事件。可以说，刘公岛承载着太多的历史印记和文化积淀。

总的来说，这次来威海，不虚此行，威海是一个很值得一游的城市。

情深义重
的凉水河

地处秦巴余脉武当山下，东依丹江城，南傍汉水的丹江口市凉水河镇，美得像夹在经典著作里的一页页篇章，寂静、朴素、纯真而又深情。

那天，阳光温暖而透明，流溢着一种让久经忧患的人鼻酸的、古老而宁静的幸福。我们一行人开车在凉水河镇曲曲折折的盘山公路上蜿蜒前行，前去拜访丹江口水库中的一个神秘的岛屿——百喜岛。

当地的一位朋友说，百喜岛因岛上种植一种叫百喜草的绿化草而得名。传说，貌若天仙的西施和杨贵妃曾来过这里，所以，这座小岛也叫美人岛。

听了如此美丽的传说故事，我的心中对百喜岛充满了无限的向往之情。

一路上，一重一重的小山连绵起伏，逶迤不绝。山洼中的一块块梯田也随着蜿蜒的山势层层叠叠。太阳慢慢升高，把山坡上那些黄绿相间的树木染亮。我们的车像一叶轻舟，荡漾在这黄绿相间的波涛里。

不久，车在一湾黄褐色的沙滩前停了下来，呈现在我们眼前的是一大片宽阔的水域，这就是有着小太平洋之称的丹江口水库水面最宽阔的地带了。只见苍茫无边的水面上，卧着两个相距不太远的岛屿。其中一个岛屿较小，偏安水域的一角，如一个不起眼的小女子，寂然无声。

而盘踞于水域中央的那一大片长方形岛屿，远远看过去，树木葱茏，怪石林立，体型庞大而生机蓬勃，如一艘巨轮稳稳地浮于水面之上，这就是久闻大名的百喜岛了。

这两座小岛是如此相倚相重，而又如此相反相成。如果你只看见其中一个，会觉得两者各自浑然无瑕；但你如果看见了两个，便不免觉得两者如果少掉一个必是憾事。

清冽缥碧的潺潺流水，轻轻环绕着这两座岛屿，几艘捕鱼的大船在水面上悠然穿行，临近岸边的水域里泊着几叶小舟，它们使宽阔的水面忽然灵动了起来，多了几分人间烟火气息，在阳光中幻出奇异的色彩。

踩在软绵绵的沙滩上，向水边走去，阳光微醺，柔风轻拂，竟有一种恍若隔世的感觉。

朋友们有的在沙滩上合影，有的在岸上观景，欢乐的笑声在绿莹莹的水波中起伏荡漾。这时，同行的梦云走了过来，手里拿着一枚椭圆形的石头，欢喜地说，哈，捡到了一块好看的石头！

我们忙凑过去观看，只见这块褐色的石头上，均匀地分布着一道道金黄色的细纹，如同给光滑的石头穿上了一件细腻的金缕衣，煞是好看。

我们正赞叹时，一艘小船悠然泊在岸边，来接我们过河。于是，大家纷纷踏上了小船，而梦云则忧虑她的石头不知道该怎么安放。

有一个朋友说，沙滩上这样的石头多得很，随便放在哪都行，不用操心丢了。

梦云还是选了一个感觉比较稳妥的地方放了石头，方和我们一起坐船。

水流很缓，绿得像一块无瑕的翡翠。有人问船夫水有多深。船夫说，四十多米深吧。哦，难怪看不见底呢！

船行至江心，就见几棵枯树和一片黄澄澄的灌木丛静静地立在不远处的深水中，像是水墨画中的写意。水里面怎么会有树木呢？我感到很诧异，忙问身边一位当地的朋友。他微微一笑说，这里原来都是陆地，后来，为了南水北调工程，大坝需要加高蓄水，迁移走了很多居民。这些树木以前可是绿意葱茏啊，因为蓄水的缘故，长年累月被水浸泡，才枯萎至此。

我早就听说过丹江口移民的事情，当年库区人民为了国家发展大计，为了南水北调工程顺利完工，他们远离祖祖辈辈生存的故土，大规模迁徙外地。如今，那些背井离乡的乡亲们又在哪里呢？他们在他乡还好吗？他们是否也会思念自己的故乡呢？他们思念故土的时候，是不是也会过来看一看，如今已是苍茫水域的地方呢？

想到这里，我竟一阵心酸，一阵悲悯，同时又涌起一股崇高的敬意。

这位朋友似乎看出了我的心思，接着说："南水北调工程是国家大事，丹江水污染不得，我们始终把水质保护当作天大的事，划定生态红线区，执行最严格环保标准。关停了几百家企业，治理不达标河流。为了保证水源的清洁纯净，我们当地居民不违规盖房和修路，不大规模发展养殖业。"

我心里的敬意愈深。

正是因为当地居民的牺牲和奉献精神，才使得这奔流不息的一江清水一路向北，使千里外的北方人民也能喝上咱们甘甜纯净的汉江水。对于广大的京津冀豫的人民来说，这不能不说是一种义重情深的恩赐啊！

小船靠了岸后，我们登上了百喜岛。岛上果然遍植各种树木，分布着各种奇异的石头。再往前走，竟然还发现了许多漂亮的孔雀，它们在岛上闲庭信步，美丽的羽毛在闪亮的阳光下，美得炫目而梦幻。

我抓一把玉米，伸开手臂，只等孔雀来啄食。果然，立即就有几只美丽的孔雀抖动着羽毛，慢慢地向我踱来。我屏住呼吸，面带微笑，让自己更和蔼可亲。也许是我的善意感染了它们，有一只蓝色羽毛的孔雀伸出尖尖的喙，在我手心里大胆地啄食起来。接着又来了第二只，第三只……它们对我如此信任，与我如此亲近，这让我的心里溢满了喜悦。

此刻，阳光很慵懒，一大团一大团的流云松松散散地浮着。岛屿上空的几团云彩白得有些灰暗，而大片水域上空的云彩却洁白得纤尘不染，映衬得那辽阔的天幕碧蓝如洗，空旷而高远。

站在百喜岛上，环顾着这一圈流水和岛屿，我竟有些莫名的感动了，这一方安静的角落，这一片神秘的岛屿，为什么美得这样闲逸？这样没有目的？

朋友仕荣说，这真是一处世外桃源啊！我想一直待在这里，每天看远方的青山，看近处的流水，看天上飘逸的白云，或者什么也不看，只是傻傻地发呆。

我笑了，怎么说出了我的心声呢？

不过，我们终究只是这里的一个匆匆过客。太阳移至头顶时，我们告别了百喜岛。

车继续在盘山公路上蜿蜒前行，下了几道坡，拐了几个弯后，再向窗外看时，我竟呆住了。只见道路两旁栽种着一棵挨一棵的橘子树，每一棵树上，都密匝匝地挂着红彤彤的橘子，像空中飘浮着的一团团火红的云，又像一只只圆圆的灯笼，闪耀在苍翠的绿叶间，是那样夺目。它们拥挤着，喧嚷着，嬉笑着，迸溅出满腔欢喜，流溢出盈盈暖意，使得这苍茫孤寂的山岭，平添了许多活泼与生机。

那时那刻，我的心里也结出了一颗颗热情奔放的橘子来，生出满心的欢欣与感动。

到了一处采摘点，大家抑制不住喜悦的心情，急急地钻入橘林，一边采摘，一边品尝，挑那皮薄肉嫩松软的，先尝为快。熟透的橘子散发着幽幽的清香，仅是闻着，就十分诱人。轻轻地掰下一瓣放入口中，肉汁四溢，顿觉满口甘甜，丝丝滋润到心里。就这样，我们一边尽情地采摘，一边忘情地海吃，真是一种绝美的享受啊！

从橘园出来，见一些拉橘子的货车陆续停在路边，村民们正在把成筐的橘子往车上搬，原来这是村民们在卖橘子。同行的当地朋友说，我们寨山村的橘子不仅销往全国各地，还远销俄罗斯呢！

看着这微微颤动的金橘，听着那啾啾的鸟鸣，我仿佛看到了凉水河镇人民用辛勤的汗水换来的甘甜而幸福的生活。是啊，有这样的好山好水，有这样勤劳朴实厚道的村民，凉水河镇的明天又怎么会不灿烂辉煌呢？

从寨山村的橘园出来，只觉得淡淡的橘香在眉颊在发梢在若有若无的风里晕开，心里竟有着说不出的感动。

从车窗里向外看，散落在山洼中的一间间白墙黑瓦的房子，如同点缀在苍莽青山中的一幅幅水墨画。夕阳挂在半山腰，金色的余晖染黄了路畔的一丛丛野菊花，它们正开得热烈，在风中泼泼洒洒。那颜色黄得很细致，香气很淡远，枝干却很朴茂。

能在这山清水秀之地，品一握甘甜的金橘，赏一番清幽的风光，抱一怀宁静的清芬，觅一种愉悦的心境，这是何等的幸事啊！

慢慢地往回走，心里如同饱览了一本厚重的书。这本书里，夹杂着起伏的连山、橘子的橙红、水的清冽、风的低吟。而更多的是，对凉水河镇这一方水土的崇敬与感动。

牵挂一畦菜地

"七里黄泥红树岗，西风果熟一村香。"中秋节的前一天下午，阳光暖暖地照耀着，西风轻柔地吹拂着，我回到了阔别多日的家乡。

刚进村子，就看见了一树树火红的柿子，如一串串红红的灯笼，燃烧着火焰；又如一个个娇美的小姑娘，羞红着脸，躲在黄中透绿的柿叶中间，甜甜地偷笑着，调皮地眨着眼睛。

走进家门，我照例喊了声母亲，弟弟说妈出去串门了，我便径直向菜园走去。

菜园在房屋右侧一块斜坡上，与屋子隔着一条一米宽的小路。原本是一块荒坡，母亲栽种上各种时令蔬菜，又围上栅栏后，便终日活泼泼地葱绿起来。

我每次回家，总要在这片绿色的菜畦里待上一会，在园子里拔几株草，浇几桶水，捉几条青虫。有时候什么也不做，只是驻足观赏，看着那片绿，心里便也如同生了绿茵茵的芳草，瞬间生意葱茏起来。

用树枝围起来的栅栏上，南边爬着一溜南瓜秧，一个青青胖胖的南瓜虎头虎脑地卧在绿莹莹的宽大叶子中间；北边攀着一丛丛苦瓜藤，在层层叠叠的绿叶里，一朵朵黄色的花捂着嘴巧笑，与我捉着迷藏。

推开篱笆栅栏，一垄垄菜畦就在懒懒的阳光中渐次铺开了。火红的辣椒如只只玛瑙，红艳晶亮；酣睡的红薯在绿叶的掩映下沉沉进入梦乡；趴在竹竿上的豆角睁着蒙眬的眼睛，好奇地打量着四野；一心向上的芝麻，咧着饱满的嘴在风中摇曳……

我慢慢地挪移脚步，轻轻地抚摸着一株株蔬菜，用爱怜的目光与它们亲切交流，心中充满了宁静与喜悦。

"唧唧唧"，草丛里传来了几声蛐蛐轻快的低吟。我循声望去，却不见其踪影，倒是看见了几只绿色的蚂蚱在草丛间蹦来蹦去，几只翩翩的彩蝶在栅栏外的野花上轻盈舞蹈。我伸手去捉，它们倏忽飞去，飞向更高远的地方了。

我会心一笑，任它们远走高飞，逍遥自在，只在空中留下闲闲的、远远的身影。

菜地的一角种着一棵与栅栏齐高的柿子树，令我惊奇的是，如此矮小瘦弱的树干上，竟硕果累累，一只只饱满鲜嫩的柿子争先恐后地俯在栅栏上。有些柿子在树上呆得不耐烦了，扑通一声，坠在地上，钻进草丛里去了。

摘下一只熟透的柿子，剥去皮，轻轻地咬上一口，甜津津的味道便充盈了整个味蕾。这甜在心里氤氲开来，如开出了一朵娇媚的花，满心欢欣与感动。

拔几棵蒜苗，掐一把红薯叶，摘几只辣椒，走出菜园，掩上栅栏，回头的一刹那，看见了几株不知名的野花兀自绽放，小小的花瓣，鹅黄的花蕊，正与几只飞虫捉着迷藏。微风轻拂，送来了一缕幽微的清香，瞬间，我的心里又生出了一片明媚与灿烂。

夕阳渐渐落山，这一畦菜地在黄昏中静默而安宁。回望暮色四合中的这片葱绿，它如母亲般朴素而慈祥。我想把这抹绿装进行囊，温润每一寸漂泊的时光。

大山深处的古民居

南漳，楚文化的发祥地，三国故事的源头，是我和家人、朋友多次拜访过的地方。它像夹在经典著作里的一页页篇章，寂静、朴素、蕴含哲理；又像藏在深山里的一串明珠，清凉、温润而又光彩熠熠。

深秋时节，我和民间文艺家协会的朋友们再一次踏上了这一方幽深静谧、人杰地灵的地方。

那天，阳光流泻一地，温柔而明媚。天空像打了蜡，蓝得深沉而无可比拟。在这样的深秋，树叶儿也都上了釉彩。世界，忽然显得开阔而明朗了。

我们此去的目的地是荆山深处的一方颇具传奇色彩的镇子——板桥镇。

传说，春秋时期，鲁班南下到此，被滚滚流水挡住去路，遂取一块石板搭在河堤上，作桥过河，此后，此地便被称为"板桥"。

路径曲曲折折地在盘山公路上蜿蜒。水流一去无返地往低处倾泻。我们从清晨出发，直到中午，才进入板桥镇境内。

一路上，那重叠的、迂回的、苍郁而又光影飘忽的群山，和我们一道逶迤前行。十月的山麓像是着了件明亮艳丽的锦衣，一片苍翠，一片橘黄，一片橙红的交错渲染，那是最高明的魔术师也无法调出的奇异的水彩画。

阳光流连在山腰，把各种颜色的树木染亮，也在我的心里晕出幸福的底色。

山从四面叠过来，一重一重地，简直是彩色的花瓣。人行其中，忽然就有了花蕊的感觉，那种柔和的、缤纷的花蕊，让你感到无限的生机和活力。

车子在几座灰色的旧房子前停了下来。只见房前有一口长方形池塘，池塘旁边的石碑上刻着"湖北省文物保护单位板桥民居——冯家湾民居"字样。

同行的文史专家庹先沮先生说，这是冯氏民居的中晚期房子，冯家清朝初年移民至此所建。房子很有讲究，坐北朝南，枕山面屏环水。就是说以山作为枕头，房子要面对一座山，藏风聚气。为了弥补水的不足，房前特意修了一口堰塘。

这么说来，这些房子距今已有三百多年的历史了。难怪，墙壁早已斑驳陈旧，苍老粗糙，雕刻着岁月的沧桑，诉说着时光的风云际变。

但是，我对它竟然有一种天然的亲近感，像宝玉初见黛玉，不见眉眼，却神情恍惚地说："这个妹妹，我曾见过的。"他又解释道："虽没见过，却看着面善，心里倒像是久别重逢的一般。"

是的，我对这些古民居苍老的容颜，沧桑的面容，竟有一种熟悉而又亲切的感觉。我似乎对一切古旧的东西，都怀有一份天然的亲近感。如同看到了一个久别重逢的朋友，或是在我魂里梦里点点滴滴蕴积而有了情的物件。

我们来到了一座门前堆着一抱干柴，有着五级台阶的古民居前，庹先生指着台阶给我们讲解道："古民居文化博大精深，台阶是有讲究的，以单数为尊，在我们华夏文化里面，单数属于阳，双数属于阴，单数是有身份有地位的人走的，双数是贫贱的人走的。"

　　接着，庹先生又讲到了门墩和门槛："门墩有的用石鼓，象征鼓声震天；还有的用石狮子，一雌一雄，双狮护门，是吉祥文化的表现。门槛在我们荆楚文化里面是非常重要的，外人是不能随便坐的，它象征着主人家的桌子。"

　　跟随着庹先生的话语，我们进了屋内，才发现这是一座带有天井的四合院式的二层阁楼。石面的地板，木质的墙壁和楼梯，虽然有些古旧，却依然坚硬结实。

　　原来，这些木材是楸木，楸木是非常好的建筑材料，抗氧化能力很强。难怪千秋大业中的"秋"与"楸"谐音。

　　四四方方的天井，构成一个小小的院落。庹先生说，天井具有采光、透气的作用，象征着四面来财，在我们中国传统文化里面，水是主财的，所以，一定要让四面水聚集到自己家里来，所谓肥水不流外人田。

　　通往二楼的台阶有三个，中间的台阶明显宽而厚，是通往故宫太和殿台阶的缩小版。据说，这三个台阶也是有讲究的，仆人只能从旁边两个台阶走，中间是主人家走的。二楼的两边正屋，爷爷奶奶居左，爹妈居右，因为古代楚地以左为尊。而儿子媳妇闺女则只住在一楼。

　　小小的一座四合院，却处处藏着深奥的知识礼仪，我们中华民族的文化真是博大精深啊！

　　环顾四周，屋梁上巧夺天工的图案，门窗上镂刻精细的雕花，虽历经岁月的洗礼，却依然精巧细致，显示了主人家当年殷实的家境和高雅的审美情趣。

从天井里出来，回到前面的正屋，蓦地发现，在右边的偏房里，一对中年的夫妇正在安闲地看着电视。他们衣着朴素，面目和善。

他们怎么会住在这样古旧的房子里呢？他们和这房子有什么必然的联系吗？

带着这样的疑问，我便走了进去，向那位坐在靠近门口的脸色黝黑的大哥询问，大哥颇有些自豪地说，这房子是我们祖上留下来的，我们几代人都在这里居住。

几代人守护一栋几百年的老宅，这该是一种怎样渊源深厚的血脉相连和文化延续啊！

站在古老的冯氏民居前，我的心情又激动又平静。激动，是因为它超乎想象的古朴温润；平静，是因为觉得它理该如此，它理该如此妥帖地矗立在这里。

后来，我们又看了好几处冯氏民居，它们散落在或陡峭或平坦的山洼里，掩映在浓郁的参天古木中，或大或小，都保存完好，但风格迥异。

我问我自己，为什么要来看古民居呢？对生计而言，古民居或许不及高楼大厦，不及电梯别墅实用。

诚然，我们需要高楼大厦，需要电梯别墅，可是，我们的确也想要一座座历经沧桑的古民居。我们需要一则神奇的故事讲给自己听，需要阅尽风霜的历史见证，需要千百年来不变的深厚真情……

大山深处的古民居，如一位饱经沧桑的老人，矗立在岁月的深处，低语着数百年来的风云际变。你见或不见，他都在那里，不悲不喜。

古驿印象

"古驿就是古代襄阳的驿站。南通巴蜀，北达京都，是我国古代贯通南北交通的重要驿道。"若干年前，一个古驿的朋友这样对我说。那时候的古驿，于我而言只是薄薄的名字，是个有些遥远而陌生的地方。

第一次到古驿，是暮春时节，一路上，油菜花开得触目惊心，麦田晕染成一片彩霞，路旁不知名的野花大片大片地绚烂着。

那次是去古驿中学监考，留在记忆里的是一隅僻静的小镇，几条不太宽的柏油马路，一座干净整洁的校园和一些衣着朴素的村民。

他们的声音虎虎的，带点河南人的鼻音。这是地缘关系的原因吧！古驿地处鄂豫两省交界，是进出南阳盆地与荆楚江陵地区的咽喉和天然屏障，素有"襄阳门户"的称号。

在一派融融的春光里，不由就想起清代张南英的诗句："吕堰行来坡曲曲，村中家家春色足；柏叶郁郁竹叶青，桃李花开香满谷；况值良辰暖且晴，裙腰争曳草争绿；野寺桥前水融融，仔鱼出水鸳鸯浴；谁家院落戏秋千，闺中小女短装束……"

桃红柳绿，香花满径，百姓和乐，好一派安居乐业的幸福生活图景啊！

又想起了唐代孟浩然的《夕次蔡阳馆》来："日暮马行疾，城荒人住稀；听歌知近楚，投馆忽如归；鲁堰田畴广，章陵气色微；明朝拜嘉庆，须著老莱衣。"

此时已经知天命的孟浩然，经襄阳渡汉水，途经吕堰驿（古驿）时，天已向晚，心情该是落寞与欣然并存吧！

那次古驿之行，只是匆匆的一瞥，古驿留存在记忆中的，只是一个浅浅的印象。

前不久，我和几个文朋诗友再一次踏上了有着"一脚踏两省，鸡鸣闻三县"之称的古驿。

这一次，我们是专为寻芳而来。幸运的是，还有古驿镇文化站长覃俊东全程陪同。

此时，已是初冬时节，田野里呈现出一种空旷和芜杂，黄色、黄绿色、老绿以及麦苗的新绿，一层层随意铺存着。季节已进入乐天知命的时候，那些枯黄的藤蔓植物，无序地自由自在地，在田野，在灌木丛中，随处攀缘着。

覃站长身材微胖，脸庞黝黑，看起来像一个敦厚朴实的农民。然而，这位农民却极具艺术天分和厚重的文化底蕴。他不仅是书法家协会会员、摄影家协会会员，擅长书法、根雕艺术，还喜爱搜集和挖掘整理家乡的历史文化。他用了十多年时间，翻阅大量书籍文献，撰写了两部厚厚的《古驿寻古》，是一个地地道道的古驿通。他为我们打开了一扇了解古驿地域文化的窗户。

在一座雕刻着骏马奔驰的图案，上书"湖广北界第一驿"的雕塑前，覃馆长娓娓而谈：

古驿是历朝历代襄阳地区最大的驿站和存在最久远的驿站，距今已有 2700 年历史，是我国古代少有的集"邮政一体"的驿站。襄阳"南船北马""七省通衢"，古驿又是"北出襄京第一驿"。这是历朝历代都城的经略之道，也是两广地区几千年科举制度下赶考路中的必经之地。很多达官贵人、文人墨客以诗词歌赋吟咏过这里。

此时我仿佛看到，在平坦的古驿道中，一匹匹骏马载着文书飞驰而过，一个个学子负箧曳屣奔赴京城，一辆辆马车载着达官贵人徐徐前行……那时的古驿，是多么忙碌而又喧嚣的驿道啊！

在一面书写着"中国历史文化名镇——古驿"的文化墙上，我看到了这样的简介：

"王聪儿白莲教起义军，首战吕堰驿，杀了巡检王，攻克古樊城；捻军张宗禹部，雄踞吕堰驿，占地利，得人和，力战左宗棠；襄阳县爱国民主政府在古驿镇成立：萧楚女、杨介平、薛斌在这里播下革命的火种……"

想起林语堂曾说过，中国古典文学中最可爱的女性形象是《浮生六记》中的陈芸，《秋灯琐忆》中的秋芙。

不知道林语堂是否来过古驿，了解过王聪儿的故事。如果了解她的故事（想必是了解的），会不会把王聪儿列入中国古代最英勇的女性之一呢？

在覃站长的带领下，中午时分，我们又去看了陕西会馆。

呈现在我们眼前的是一座高大雄伟的建筑，青砖黛瓦，虽有些破败残旧，依然气势恢宏。

覃馆长介绍说，这座会馆是明朝时期的徽派建筑，由陕西商人曹祈瑞所建，是陕西商人的同乡会馆，是聚会议事，兼营票号的地方。

转至会馆后面，看见离地约一米多高的地方建着一扇小小的拱形的门。覃馆长说，以前这里有楼梯，后面是护城河，后来楼梯拆了，护城河也填平了。这所房子早些年前八千块卖给了私人，想保护和修复还需要收回来，花费很多的财力物力，不是那么容易的事。

"唉，怎么会拆了一些建筑呢？这么珍贵的房子，怎么就八千元卖给私人了？"同行的一位文友叹息着问。

这时，覃站长的眼里掠过一丝愁云，这抹愁云在风里酝酿，也飘忽到我们每一个人的心中，投下一片小小的暗影。

离开陕西会馆时，太阳已经西移，温暖而不灼热。阳光是耀眼的白，像锡，像许多发光的金属。

我们的车在一座三孔联拱石桥旁边停了下来。据说，这座桥修建于唐朝武德年间，为尉迟敬德所修。桥身由青砖修葺而成，历经岁月的洗礼，已略显沧桑。

这座桥虽然古旧，却沉沉稳稳地雄跨在清澈的港河上，默默地支撑着身上的一切负荷，深情地守望着这一方土地和人民。

古驿的古迹真多啊！我不由惊叹着，而在古驿镇的文化馆，我的这种惊叹更加剧了十分。

文化馆的四壁墙上，悬挂着一幅幅俊秀飘逸的字画，使整个文化馆具有一种高雅端庄的气息。大厅的柜台上，陈列着20世纪六七十年代的黑白电视机、放映机、录音机……陈列柜里，那些细腻朴拙的瓷器、纸色半枯的刻本、温润无瑕的玉器以及微显绿色的钟鼎，都安静地睡着了。

一个苗条雅致的女子笑盈盈地立在壁画的一侧，她是覃俊东的妻子。她说，墙壁上的这些字画，都出自覃俊东之手，馆内的这些展品，都是覃俊东如蚂蚁搬家般一点点收集的，他为了收集这些物品，足迹遍布了他所能到达的角角落落……

望着眼前这些古旧的物品，我的血液忽然澎湃起来。走过历史，走过辉煌的传统，我发觉我竟这样爱着我们的文化，更为这个文化的传承者感动到眼眶濡湿。仿佛一个贫穷的孩子，忽然在荒废的园子里发现了祖先留下的宝物，才知道自己是这样富有，一时间，我竟有种想要下拜的冲动。

从文化馆出来，太阳已经移至西边的天空，光线柔和明媚了起来。

车子在古驿镇宽阔的柏油马路上行驶，路两旁规划整齐的小洋楼鳞次栉比，一盏盏路灯临街而立，一行行行道树迎风舒展，真是一派繁华文明的都市生活图景。

行至西尹村，刚好赶上湖北省豫剧团下乡演出。舞台就搭在西尹村村委会，演出还没有开始，偌大的院子里就已经挨挨挤挤地坐满了看戏的村民，以老人和孩子居多，有的坐在凳子上、有的坐在自家的拖拉机上、有的倚墙而立……安闲而又自在。

古老的古驿镇，如今焕发出了蓬勃的生机和激扬的活力啊！

太平老街

初次踏入太平老街，是在十年前。

那次是因为参加诗人朱华杰的诗集发布会，发布会后，一行人参观了那条老街。印象中，那是一条狭长幽深的街道，街道两旁有白瓷砖外墙的二层小洋楼，也有苍老斑驳的清代建筑。整体来说，老街是老。

这次，当我又踏入这条老街时，老街更老了。

我们从河边往街道走，天气异样地好，阳光清朗澄澈，空气中有油菜花的幽香。

看见了一座三间老宅，墙上挂着"历史建筑"招牌。老旧的黑色木门，门狭长，上面挂着把旧铁锁，旧光阴打在门楣上，门环乌亮亮的。门墩却出奇的高。墙体下半面的砖青黑色，上半面的砖灰白色，晦暗而陈旧。窗是小而矮的木窗，说不出的老旧，幸好旁边伸过来几支绿枝，绿莹莹的叶子斜横过来，才显出一丝生机。

紧挨着它的是一座红砖木门的房子。木门较阔，颜色灰暗颓旧，和那蒙着一层厚灰的窗户呼应。砖是黄红色，和门前堆的一溜瓦颜色一致。那瓦我不陌生，小时候的村子里，家家户户屋顶都覆着它。同行的一位女士奔过去，倚在一片瓦上，笑意盎然地摆出了造型，让朋友拍照。她的黑衣和领上那蓝莹莹的纱巾，衬着黄红色的背景，倒也是一幅古画。

再往上看，房屋与房屋之间，有高高凸出，两端翘起，灰砖灰瓦的墙垣，一问才知，原来是防火墙。因古代房屋多用木材造成，一旦发生火灾，就会像森林大火一样蔓延开来。而高高的防火墙，能起着隔断火源的作用。

那防火墙造型美观，给这老旧的房屋增添了高低起伏的动感。我惊叹古人的卓越智慧。

老街幽静、素朴、传统，弥漫着说不清的古老气息，日影中到处是荒凉之味。因为房屋老旧，有些甚至已经破败坍塌，住户并不多。所见的都是些老人。

在一座红门红砖红瓦的房子前，堆着一摞散乱的断砖。断砖上坐着一个银发老奶奶，她深蓝的褂子，黑裤子，深红布鞋，神情寡淡，呆呆地看着近旁的土地，又好像什么也没有看。她脚边的小狗，也神情漠然地匍匐着，在暖阳里静默。

记得看过一本孙犁的散文，关于老，他是这样写的："如果老了，我就什么也不干，发发呆，因为没有年轻的睿智和聪明了，所以，我什么也不写了。我怕留下垃圾文字，我不让人笑话，我要优雅地老去。"

而眼前的这位老奶奶，不正是在这条老街里，在这春日的暖阳里，在她向晚的光阴里，晒着太阳，发着呆吗？她与老街俱老，淡定而超然。

而让我迷恋并挪不开脚步的，是一间理发店。

理发店只有一间，室内墙体灰暗，杂乱地堆着条几、柜子、洗脸盆、理发椅、荡刀布。那柜子黑乎乎的，古董味十足。问那理发师傅，果然是祖上传下来的东西。柜子上的荡刀布我初次见，细长的一条，黑梭梭的，那样牢牢地吊在那，不知多少年。那理发椅锈迹斑斑，是20世纪五六十年代二汽所产，居然还能够转动手柄升降。

十足的老、脏、乱，不过，我心里却异样的喜欢，只觉得古风荡荡，那脏乱是民间最生动的写照。一时间，恍惚时光停在了这里，只觉得地老天荒。

此时，一个穿着一身蓝的老人，舒服地横躺在这椅子上。一个戴着小尖帽、跛着一只脚的理发师傅，正把刚蘸了热水的湿毛巾往他脸上捂。

与理发老人聊天。

老人说十五岁就开始理发，现在七十五岁，干这行六十年了。我们皆惊叹他干这行时间长。一个人几十年如一日地从事一门行当，以此养家糊口，不也是平淡中的幸福吗？

躺在椅子上的老人说，我几十年在这理发，习惯了，专门跑这来理。

忽然就想起一句诗："老来多健忘，唯不忘相思。"到老了，一些人和事逐渐淡忘，但多年的生活习惯，却如同相思一样生了根，不会轻易改变。

从理发店里出来，慢慢地在凸凹不平的街道上踱，满目的灰旧，满目的古意盎然。我心里竟有淡淡的欢喜，像邂逅一个故人，此刻相互认出彼此，刹那归去来兮。

雪小禅说："旧的东西像永远不过时的情人，在这里，疼你，懂你，爱你。他不张扬，他不表达，他低调、温暖，可是，最明白你。这样的情人，有旧的光芒。"

旧的东西，如同知交故人，光阴愈久，愈醇厚，愈散发出迷人的味道。

此刻，我走在这有些败落有些灰暗的太平老街，满心满怀俱是盎然的古意，只觉得岁月静好，现世安稳。

春天，我们在唐城

桃花丛里，吹来了三月沉醉的轻风。

梨花吐出幽微的芳香，油菜花似黄色的锦缎，不听话的虫子自作主张，随心所欲地嗡嗡唱着歌，在繁花中四处盘旋。

在这个春风沉醉的时节，我们来到了气势恢宏的唐城。

早晨的空气中透着丝丝的清新，泛着点点微甜的气息。

唐城用她美轮美奂、古色古香的建筑和华丽的情景剧表演，欢迎着四海八荒的游客。

在明媚的三月的阳光下，每一座亭台楼阁、店铺酒肆都妍丽得像要开出花来，我们能感受到四处流动的光芒。

气势恢宏的城楼、街市，相映成趣的流水、桥梁，错落有致的宫殿、寺庙，唐城用它的雄伟和辉煌，重现了盛唐长安风光，彰显着盛唐的无限繁华。

不时有穿着唐装的曼妙女子，在城内穿梭行走，漫步在古色古香的建筑群里，恍若走在梦境里，来到了大唐盛世。思古怀远的情思悄然而

165

生，眼前似乎出现了杨贵妃翩翩起舞的身姿，李白作诗的倜傥，高力士被戏的尴尬……

城内青林翠竹，碧水环绕，假山怪石，一片锦绣，把我们心灵深处的美，全唤醒了。

细细的风轻抚着那些仿古的青砖绿瓦，一群群游人穿梭其中，谈兴正浓。春天扑落下来，拥抱着这个气势恢宏的古城。

漫步其中，不知不觉间，觉得岁月静好，现世安稳。

披着一身暖暖的阳光，我们坐在岩石上，坐在垂柳轻拂的护城河畔，我们自在地畅聊，美美地拍照，度过一段和美温馨的时光。

草在结它的种子，风在摇它的叶子，我们站着，不说话，就十分美好。

不管我们怎样惊喜和好奇，唐城始终以她的温婉、富丽、大气，立在那里，如一个心灵有贵气的女子，淡定而从容。

一段游览，让光阴有了温度，让我们释放出了最本真的自己。

要么读书，要么旅行，身体和灵魂必须有一个在路上。

有时候，甚至旅行的景点不是最重要的，最重要的是，和谁一起旅行。

和一群同事们在一起，自由自在，无拘无束，畅所欲言，心情也分外舒展和愉悦。

因为感受到了美，更会觉得这个世界的妙不可言。

春绿六两河畔

三月的一个下午，阳光正好。我骑车来到六两河畔，下了宽阔的六两河大桥，驶入一条蜿蜒有致的石板小径，被眼前的美景深深迷住了。

这几年，随着城市东进、东津世纪城的崛起，六两河畔修建了长长的休闲绿化景观带。这里远离闹市的喧嚣，触目碧水蓝天、绿树婆娑，颇有世外桃源之感。

此时，太阳正挂在西边的天幕上，温暖而不灼人。清澈的河面上，闪动着细小的波纹，像无数只眼睛在眨呀眨。眼前的河面，明亮亮、清洌洌的。而更远的地方，河水则和天空一样，是温柔至深的蓝。

两个钓鱼的人，持着长长的钓竿，安静不动地垂钓。他们面前的盆子里，空空的，没有鱼。仿佛他们不是为了鱼，而是为了享受钓鱼的乐趣。

几只水鸟扑棱着翅膀，贴着水面，轻轻滑翔，倏地向远处的丛林中飞去。

临河的几株垂柳，吐出了点点嫩芽，稀稀落落的，还不稠密，远看，像浮着一层迷迷蒙蒙的绿雾。

一些零散的油菜花，顶着鹅黄的花蕊，随心所欲地点缀在褐色的土地上。一小块绿油油的麦苗，正沐浴着阳光，欢快地生长。要不了多久，它们就会拔节抽穗，摇曳出金色的麦浪。

鲜嫩肥绿的紫云英，在石板路两边，一片片，一丛丛，繁茂地生长着。紫色的小花朵，星星般眨着眼睛，散发着幽幽的清芬。

猛一回头，瞥见一株不高的杏树上，缀了满树粉色的花骨朵，几朵绽放的花儿，像几只粉色的蝴蝶，在枝头翩跹。我的心里，不禁生出一派灿烂。

"唧唧""啾啾"，此起彼伏的鸟鸣，在树梢上荡漾。仔细看时，却又不见它们的踪影。真是"林中不见鸟，但闻鸟语响"啊！

几个跑步的人，穿着红色的运动衣，迎面奔跑过来。那轻快的身影，像一团团燃烧的火焰，散发着青春的气息和勃发的生机。

忽然，两只飞翔在空中的风筝映入了我的眼帘。一只是红蜻蜓，摆动着细长的尾须，悠悠飘荡着。更高远处，是一只美丽的花蝴蝶，闲闲地飘摇着。它们像游弋在空中的精灵，又像盛开在空中的花朵。

回头望去，远远地，六两河大桥像一条弯弯的彩虹，飞架在河的两岸。河对面一栋栋高楼，临水而立，灰白的墙面，淡红色的屋顶，在暖阳下，静谧安详地立着。

这一切，真像一幅美丽的水彩画。

横冲观日出

夏末秋初的一天，我和几个朋友到横冲游玩。前一晚，我们住进了山脚下的小木屋。早上，几个人睡得正酣，突然被"叮铃铃"骤响的闹铃声惊醒，一看时间，四点半整，正是我们相约起床看日出的时间。

几个人一骨碌爬起来，洗漱完毕，穿上外套，开了车，向观日出的最佳处——海拔 1946 米的香炉峰进发。

此时，五点左右，四周还是一片漆黑。我们的车灯划破黑暗，犁出一片光明。深蓝色的天幕上，挂着一轮皓月，撒着点点繁星。四周的群山，如一头头怪兽，卧在荆山深处，影影绰绰，看不清轮廓。远处的山巅上，有一闪一闪的红，那是风车眨动的红色眼睛。

当我们到达香炉峰时，峰顶上已停了几辆车。黑暗中，有几个人影在晃动。真是应了那句话："莫道君行早，更有早行人。"在一个巨大的风车旁，我们停了车。大风车像一个擎天而立的巨人，伸开手臂，迎风舞蹈，呼呼作响。四野里，缕缕白雾，飘飘摇摇，像扯开的一条条白色细纱，四下里游动。

此时，山外是三十多度的高温，稍一活动，便大汗淋漓。而这里的气温却只有十来度（不愧是夏季避暑胜地），一下车，寒风便呼啸着扑过来，侵入身体，令人浑身打战，只后悔衣服穿得太少，实在冷不过，几位女士只好又钻进车里，贴着车窗向外观看。而同行的一位年近六旬的热爱摄影的朋友，却不畏寒冷，他面向东方，选好位置，支起三脚架，调好相机，开始了拍摄。他说，这已经是他第五次来横冲观日出了，每一次的感受都不尽相同。

不经意间，东方的天空，出现了一抹淡淡的玫瑰色，这抹色彩被浓厚的乌云托举着，明与暗交相辉映，好似给天边镶上了一条彩锦。陆陆续续又上来了几辆车，观云的人越来越多，有穿衬衣的，有穿裙子的，有穿毛衣的，还有几个人披着白色的被单，手持相机，迎风立着，颇有几分古代仗剑走天涯的侠客之风（为了看日出，也是拼了）。

天色渐渐亮了，东方玫瑰色的云层渐渐升高，如棉絮般洁白的云海，清晰地呈现在眼前，云海里露出点点黑黝黝的山尖。随着天光越来越明亮，云海里浮出的山尖也越来越多。星星和月亮隐匿了形体，天空的深蓝变成了淡淡的浅蓝。

六点左右，霞光中出现了一线红色的光亮，这一线红光渐渐变大，渐渐升高，太阳的半边脸露出来了，它像一个顽皮的孩子，探头探脑，眨动着明亮的大眼睛，射出点点光芒。不久，太阳完全跳出了云海，射出万道金光，映得周围的云霞绚烂缤纷。太阳越升越高，四野里明亮起来，漫山遍野的树木，像被洒上了金粉，烁烁闪光。

我们伸开双臂，迎接这清晨的第一缕曙光，内心充满了欢欣和力量。此时，白色的云海，在我们的脚下翻腾涌动。郁郁葱葱的树木，散发着勃勃生机，空气里弥漫着草木清幽的芬芳。美好的一天，就这样拉开了迷人的序幕。

捣衣声声

在谷城县盛康镇绿洼村的一条小河边，我停下了脚步，久久伫立，静静观赏。

这是环绕村子的一条河流，河面上低低地横着一座石头垒成的小桥，清澈的河水从桥面上缓缓漫过，跌落下来，溅起白色的飞沫，激起哗哗的水声。

石头桥面上铺着两行圆圆的石墩，六七个穿红着绿的农妇，蹲踞在石墩上，正在浣洗衣服。她们每人面前放着一只桶，衣服堆在石墩上。有的举着棒槌，一下一下地敲打衣服，发出咚咚咚的响声；有的把衣服按在石墩上，两手使劲揉搓；有的拖着衣服，在河水中摆动清洗。她们面容和善，神情安闲，衬着石桥石墩，如一幅古朴的水墨画。

她们的头顶上方，覆着一片浓密茂盛的绿荫，像在盛夏的晴空里，撑开着一把硕大无比的伞。

这是河边立着的一棵枫杨树，张开四肢，洒下的浓荫。枫杨树下置着两张石桌、八个石凳，供人休息。几株月季花，在枫杨树旁热烈地绽放着，红艳艳的花朵，似乎把河水也映红了。

她们的身后，是一块块青里泛黄的稻田，稻禾已抽穗，还不甚饱满，仰着头颅，浴着暖阳。再远处，是一座座白墙红瓦的房子，掩映在高大茂盛的绿荫里。依稀有几缕淡淡的炊烟，在村庄上空袅袅娜娜。而那些连绵起伏的小山峦，把整个村子围了一个圆圈，像把村庄放在一个安静舒适的绿色摇篮里。

　　好一幅小桥流水人家的优美画卷啊！

　　我被眼前这田园牧歌般的美景，深深震撼了！那清澈的河流，那咚咚的捣衣声，那袅袅的炊烟，那葱绿的树木，不禁让我忆起了那些逝去的光阴。

　　小时候，村里没有自来水，吃水要到村里唯一的一口老井里去挑。家家户户的衣服，都要拿到村边的一口堰塘里清洗。堰塘边上植着几棵高大的垂柳，细长的柳枝在水面轻轻拂动，垂柳下是一溜排开的洗衣妇，她们匆匆地挥动着棒槌，捶打着衣服，也捶打着悠长的岁月。

　　多么相似的一幕场景啊！只是眼前的洗衣妇们更从容，更悠闲；眼前的流水更清澈，更动听；周围的环境更优美，更宜人。

　　同行的朋友说，其实，村里早就有自来水，村民们完全可以在家里洗衣服。自从这条河上架了石桥，垒了石墩后，村民们常常来这里，洗衣，闲话，忆旧，日子像这里的环境一样，安闲自在。

　　这是盛康镇专门打造的特色乡村旅游图景，而村民们在这里浣洗衣服，不知不觉中，又是入画的一景。远方的朋友来到这里，赏得到美景，看得见炊烟，听得见鸟鸣，记得住乡愁。

　　这个淳朴安宁、风景如画的地方，真如世外桃源般的存在。行走在这片幽静美丽的土地上，心被过滤得澄澈清明，只觉得岁月静好，现世安稳。

異乡偶遇

国庆期间，文友华杰说，听说钟祥有喝早酒的习俗，约几个朋友去体验一下吧？

喝早酒？我脑中突然闪现出在广州吃早茶的情景。广州人喜欢早上到茶馆，点几个小吃，泡一壶热茶，慢慢地品茗、吃点心、聊天，在热气氤氲中，消磨一段美好时光。广州人吃早茶，不仅是一种饮食习惯，也是一种饮食文化。

那么在钟祥喝早酒，又是怎么回事呢？我立即百度查询，原来，湖北很多地方，的确有喝早酒的习惯。

湖北境内江河湖泊众多，码头遍布，码头工人卸完货后，在晨光熹微中，喝酒吃面，既充饥又解乏。随着时间的推移，喝早酒，慢慢就形成了一种习俗。

在襄阳，早晨，人们喜欢吃一碗香辣四溢的牛肉面，配一碗自酿的黄酒。黄酒酒精含量低，口感好，老少皆宜。黄酒的甘甜和面条的香辣互相交融，演绎出绝妙的舌尖上的美味。

为了探寻早酒文化（华杰描述的是那种众人畅饮白酒的热闹场景），

一向不喝酒的我，爽快地应邀，和几个朋友踏上了钟祥之旅。

第二天早上，天刚麻麻亮，我们就兴冲冲地去寻找喝早酒的地方。此时，城市刚刚睡醒，街上行人不多。沿街的面馆里热气袅袅，晃动着几个食客的身影，但气氛冷清，看不出饮早酒的热闹和豪情。

我们开车寻找了好一会儿，无果。或许喝早酒的地方在偏僻的街道里巷？我们离开主干道，向巷子里驶去。几个人睁大眼睛，左右逡巡，一条条巷子找过去，到处都静悄悄的，没有喝早酒的喧闹。

"问路问老头，劈柴劈小头。"华杰说着，向一个路过的老人询问喝早酒的地方。老人说，不知道啊，我也刚来这里不久。又见一清洁工，清洁工应该每条街道都熟悉吧！前去问询，清洁工说，黄庄街可能有喝早酒的。

在导航的指引下，我们来到黄庄街。这是个较繁华的小镇，沿街酒肆不少，也有几家面馆，但比较冷清，没有开怀畅饮的客人。就在我们灰心失望、掉转车头的刹那，眼帘中突然闪现"襄阳牛肉面"五个滚烫的大字，胸中顿时涌入"久旱逢甘霖，他乡遇故知"之感。真是众里寻他千百度，蓦然回首，却只见襄阳牛肉面啊！看来，襄阳牛肉面不仅是襄阳人早上的心头好，也受到钟祥人的青睐。几个人不约而同地说，去吃咱们襄阳牛肉面吧！

这家面馆墙壁雪白，桌凳洁净，价目表贴在显眼的位置。黄酒放在壶里，白酒盛在罐里，腌蒜薹、大头菜、榨菜丝、葱蒜等几样小菜摆在桌上。老板娘笑容明媚，如同春日暖阳，令一切分外温馨。

经过一个早上的四处奔波，此时，我们像进了自家的厨房，心里又温暖又轻松。要了几碗豆腐面，我们边吃边和老板娘聊天。老板娘知道我们是襄阳人，分外热情。她说襄阳牛肉面很出名，就请了襄阳师傅到钟祥来，手把手教他们制作牛肉面的方法。面馆开了两三年，生意不错。我们又问她当地喝早酒的事。她说，现在喝早酒的人少了，人们要开车，要工作，喝酒误事。

我们顿时恍然大悟。原来，随着时代的变迁、生活方式的改变、工作节奏的加快，喝早酒的习俗，慢慢淡出了大部分人的日常生活，取而代之的，是新兴的饮食文化和饮食习惯。就比如令航天英雄聂海胜魂牵梦萦的襄阳牛肉面，不是已经走出襄阳、走进钟祥乃至全国各地寻常百姓的生活中了吗？

临行时，同行的汪老师竖起大拇指，对老板娘说："襄阳牛肉面，我为你点赞！"

老板娘笑了，朗声说："襄阳牛肉面，人人都喜欢！"

春来库水
绿如蓝

　　站在马冲水库边，我被这一汪无可比拟的蓝，深深震撼了！

　　呈现在眼前的，是一大片开阔的水域，远远地看过去，水面像一块蓝宝石般，晶莹纯净。春天温暖的阳光，洒在明镜般的水面上，泛着粼粼的波光，像是无数的小鱼儿，在欢快地跳着舞。

　　临水而立，微风拂面，只觉得那抹蓝慢慢浸入心底。库水清澈见底，近岸水底的石头，水中游动的几尾小鱼，历历可数。俯下身去，掬水入手，凉意瞬间盈满指尖，顿时，心下清明澄净。

　　暖阳下，我们沿着河堤，徐徐前行。天空像水洗过一般，瓦蓝瓦蓝的，和水面温柔至深的蓝，遥相呼应。这壮观的一幕袭击了我，霎时间，我的心，溢满了欢喜和感动！

　　河堤左边的斜坡上，铺满了绿茵茵的芳草，那浓郁的绿啊，仿佛能流淌出来。不远处，有十多只白色的山羊正低头啮草。它们散在地毯般的青草上，如同草地上盛开的大团大团的白色的花朵，煞是好看。这使我的心里，又添了一份喜悦！

行至水库三分之二处时，发现水库被一条不甚宽的小路隔开了，小路的两旁遍植高大的树木，我们便沿着这条小路往前走去。

小路新修不久，黄褐色的泥土裸露在路基两旁，上面随意铺着刚钻出土的嫩绿的新草。"呱呱呱"，不知何时，四野里响起了此起彼伏的蛙鸣，那鸣声里，似乎也饱含了绿意。

行走在窄窄的小路上，我突然想到了杭州西湖，似乎此时，我们正行走在西湖的苏堤上。

那年夏初，我和几个朋友一起游西湖，在长长的苏堤上漫步，落日的余晖给湖面洒了层金粉，河堤边杨柳丝丝拂面，我们遥想着苏轼当年游西湖、修苏堤的场景，谈兴甚浓，畅意满怀。

如果说西湖美在温婉、端庄、秀丽，这里的景致则自然、质朴、狂野，如同一个朴拙的农家大姑娘，穿着蓝衣绿裤，在广袤空旷的天地里，无拘无束地生长着。

如同西湖的断桥一般，这条小路也是一条断路，在距离对岸十几米的地方，戛然而止了。我们便原路返回。

这次，我注意到了一个奇异的景象。小路左边的水面依然湛蓝湛蓝的，在蓝天的辉映下，美得令人心醉。而小路右边的水面，却绿莹莹的，四面竹树环合，更显得那一汪碧水，绿如翡翠。三三两两的垂钓者，正手执钓竿，凝望水面，静静垂钓。此时，我情不自禁地吟出了刘过的诗句："爱东西双涧，纵横水绕。"

和我一起出游的，是一个娇小、热情、爱笑的女子。一路上，我们且赏景且漫谈。她说，每个人都需要有养心的东西，来安放闲暇的时光，抚慰躁动的魂灵。每个人养心的东西不一样，这养心之物要容易获得，且成本要低。我喜欢读书与旅行，这是一个人精神成长的双翼。读万卷书，不如行万里路。大自然的山水是写在大地上的诗篇，总令人百读不厌，兴致盎然。

我看向她那盈盈的笑脸，只觉得，她和那绿油油的草，蓝汪汪的水，都是写在大地上的诗篇呢！

我思故我在

把日子过
成一首诗
一幅画

其实，日子每天都可以过成一首诗一幅画沈复的《浮生六记》，总会为文中主人公的闲情逸致所叹服。其中有这样一个故事：女主人公陈芸用扁豆和竹篱笆做了一扇活的屏风，盆中种植了藤本植物，可以在屏风上蜿蜒生长。不久，绿意葱茏，使室内绿荫满窗，虽然深秋，也春意盎然。若将屏风摆在院中，人坐其中，仿佛身处碧绿的原野，真是妙不可言。难怪林语堂称赞陈芸是中国文学史上最可爱的女人。

《浮生六记》中描写陈芸长相"削肩长项，瘦不露骨，眉清目秀，顾盼神飞，惟两齿微露，似非佳相"。由此可见，陈芸算不上漂亮的女子，但因为她富有情趣，于是，就成为中国文学史上最可爱的女子了。可见，成为一个富有情趣的人是多么重要。

我有一位朋友，文凭不高，但却是大家公认的开心果，魅力之星。

他在工作之余，创办了"温喃"电台，自己做编辑和主播，每天用温暖的声音朗读美文，并配以契合主题的音乐，传递人世间的真善美，带给我们美妙的视听盛宴。

他成立了朗读群，每天早上第一时间，他总会推出一篇篇精选的美文，然后用自己热情洋溢的声音向群里朋友们问好，并声情并茂地朗诵美文，与群里朋友们一起提高，共同进步。

他还参加了声乐课培训，每周三和周六去学习声乐知识，以提高自己的唱歌水平……

他每天神采奕奕，精神抖擞，热情洋溢，永远是一副笑脸，永远在闲暇时唱歌，永远在无止境地学习，把苍白的日子演绎成一首情韵优美的诗，一幅色彩艳丽的画。

这一切，都是因为，他有一份闲情逸致，这份闲情逸致与心灵有关，与情趣有关，与金钱无关。

我有一个女性朋友，她喜欢绿色植物，喜欢养花，她的家里永远满眼翠绿，芬芳四溢。

她喜欢旅游，在节假日总会背上背包，和家人或朋友来一场说走就走的旅行。

她喜欢音乐，喜欢唱歌，家里总会有各种新出的唱片，乐音缭绕，琴韵悠长。

她喜欢阅读，特别欣赏郑板桥"寒窗里，烹茶扫雪，一碗读书灯"的意境。炉上茶水沸腾，茶香四溢，沉醉于书本中乐而忘返。

她喜欢品茶，尤喜欢用雪水烹茶。飘雪的日子里，她去踏雪寻梅，如《红楼梦》中的妙玉一般，收集梅花上飘落的积雪，在闲暇的日子里，邀请三两知己，围炉小坐，就着桌上的小零食，说些闲话，有着说不出的闲淡清远。

有人说，别走得太快，要停下来等一等灵魂。在物质生活日益富足的今天，我们很多人生活似乎更匆忙更焦灼不安了，只因为他们多了一份世俗的物欲，少了份闲情。

闲情，是三月间看遍桃花开陌上；是冬日里围炉把酒话桑麻；是偷得浮生半日闲的自在。

拥有闲情逸致，成为一个有情趣的人，可以让人活得轻松、飘逸、趣味盎然……

愿你我都能成为有闲情逸致的人，把平淡的日子，过成一首诗，一幅画。

在生命的两侧播种温暖

　　我虽然养了很多花，但很少去打理它。今天去给花架上的花浇水，注意到了一个有趣的现象：几乎所有的花都倾向不靠墙的一面生长。有几盆花中间有一条很明显的分界线，靠墙的一半光秃秃的，不靠近墙的一半枝叶繁茂。真是泾渭分明啊！

　　这令我一时困惑起来，当初把花放到花架上时，分明是整盆花枝繁叶茂啊，现在怎么只剩下半盆了呢？

　　带着疑惑，我在百度上搜索，植物有哪些特性。得到的答案有向光性、向暖性、向肥性、向水性。

　　我终于明白了，靠近墙的那一面植物之所以长势不好，除了向光性外，主要是因为墙面太冰冷了的缘故。植物的向暖性决定了它要趋利避害，远离冰凉寒冷的墙面，努力往另一面生长。

　　所以有诗云："近水楼台先得月，向阳花木易为春。"靠近水边的楼台可先得到月的倒影；向着阳光的花草树木，因为容易得到温暖而盛

183

放。万物都是向阳而生的，植物都有趋向阳光和温暖的特性。

植物有向光性和向暖性，那么，我们人类呢，不是也具有向光性和向暖性的特点吗？我们每一个人不是也都喜欢和阳光的、温暖的人交往吗？

如果你觉得周围的人大都不愿意和你交往，对你冷若冰霜，那一定是你自己不够温暖，你周围的人就像植物一样，慢慢地远离你这个寒冷之源，寻找向阳的地方去了。

如果你觉得某个人人缘好，那他一定是一个积极温暖的人，能够给他人带来更多的光明，带来更多的温暖，带来更多的正能量。

有句话说："你若花开，蝴蝶自来。"那么，是不是也可以这样说：你若阳光，芬芳自来；你若温暖，关怀自来呢？

冰心说："爱在左，情在右，在生命的两旁，随时撒种，随时开花，将这一径长途点缀得花香弥漫，使得穿花拂叶的行人踏着荆棘，不觉得痛苦，有泪可落，不觉得悲凉。"

愿我们走在生命的两旁，不断播洒阳光和温暖，将生命的旅途点缀得花香弥漫，让世界因为我们的存在而多一份美好和温馨。

总有些回报，会隔着时空，枝叶拂来而穿着时，空着，

前几天聚会时，好友老吴讲了她的一个故事：

她说前几天和一个二十多年前在武汉居住时的一个邻居联系上了，那邻居原来和她老公同在武汉一家公司上班，现在已经是资产过亿的富豪老总了。

这位富豪多年来一直寻找老吴一家的下落，终于在一个朋友那里打听到了老吴一家的联系方式，随后专门从武汉赶过来，在襄阳一家高级酒店宴请老吴一家，当得知老吴一家还在做电缆生意时，当即给了他们一个利润非常丰厚的工程让他们做，令老吴一家感动不已。

我好奇地问老吴："这位富豪为什么对你们这么好呢？"

老吴说："二十多年前，我们同住在一个家属院，是邻居。他们一家忙，我闲一些，经常做了饭让他们来吃。"

经常热心地让邻居来家里吃饭，令邻居感受到了尘世的温暖与感动，这份感动随着岁月的流逝，历久弥新，温暖依旧，让邻居一直想着

如何回馈和报答这份深厚的情义。

这个美丽而真实的故事让我蒙尘解痂的心瞬间温润起来，充溢着温暖和感动。这使我想起了金庸的小说《鹿鼎记》中的一个故事。

在一个岁暮飘雪的傍晚，一个叫查继佐的人正在家里独自饮酒，忽见有个乞丐在屋檐下避雪，便动了恻隐之心，邀请乞丐进屋共同饮酒。酒毕，又赠送乞丐皮袍和银两。这个乞丐的名字叫吴六奇。在若干年后，吴六奇告别了往日的落魄困顿，当上了实权在握的广东水陆提督。后来发生了《明史》案件，查继佐遭受牵连，吴六奇为了报答当年的恩情，尽力在朝中周旋，才使查继佐幸免于难。

我们的善良终将有善报，有些回报也许在当时没有得到及时的体现，但总会在恋恋风尘中，哪怕隔着万水千山，隔着时空距离，终将会穿枝拂叶而来，带给我们不期而遇的美好。

你最大的问题是结太多，行动太少

早晨，我坐在窗边读林清玄的《境明，千里皆明》，感觉寒气都在往后退，心在一寸寸明媚中丰盈。书中充满了禅意，读一章，便像有清泉似的从纸上涌出，浸润清凉的心境。尤其是他引用的山田灵林的文章，更是让我为之震颤。

日本近代的禅学大师山田灵林，把世界的人归为三种类型：

第一型是纯朴未开，不受任何知识上的苦恼，像猪一样能和平生活的人，叫作"自然人"。

第二型是头脑明晰，知能发达，却反而受尽"知"的烦恼，导致神经过敏，始终无法与他人相处，过着不愉快的生活的人，叫作"知识人"。

第三型是超越了"知"的苦恼和"情义"的苦恼，能任运无碍过活的人，叫作"自由人"。

为了说明这三种人的不同，山田灵林举了一个非常有趣的例子进行说明：

某家五人居室的前廊上，一双拖鞋没有排好且翻了过来，这家的下女虽好几次出入主人的房间，办好了主人的好几件差遣，她对翻过来的拖鞋一点也没有注意到。她只把每次被吩咐的事在能力范围内办好，其余的一概不管，所以她每天十分快乐，能吃就吃，能睡就睡。除了衣食住行，对人间的一切事务与知识都不管，没有任何心事。——这是"自然人"的典型。

这家的少奶奶拿信件要进屋时，看见了翻过来的拖鞋，但因男主人吩咐要处理一件紧急事务，来不及翻那双拖鞋，一会她端红茶要进屋，又看见那双拖鞋，心想一边拿饮料一边翻拖鞋有碍卫生，还是没有改正它。要离开房间时，突然听见了孩子啼哭而跑向婴儿室，这一次根本没有想到拖鞋的事。就这样，她一整天都在挂虑那双拖鞋，导致在房间、在厨房、在婴儿室时都不能平静，不能专心，而苦恼万分。少奶奶出身名门闺秀，读过大学，因此她想把学来的知识全部应用在现实生活中，却往往不能照自己的期望，反而带来日日夜夜的焦急不安，最后她变得很神经质。甚至看到猫儿换个位置晒太阳，也会使她不安而烦恼。——这就是"知识人"的典型。

这家的老太太，有事找她的儿子，她看到翻过来的拖鞋，马上随手翻正，然后欣然不把这件事放在心上。老太太善于发现事件的问题，一发现问题，马上很轻易地处理好，如果是件不能处理的事情，她马上把它忘掉，因此她的心境一直平静而稳定。——这就是"自由人"的典型。

当读到山田灵林的这段论述时，我真是由衷地叹服。的确，我们这个世界，正是由"自然人""知识人""自由人"三种人构成。

"自然人"头脑简单，知足常乐，快乐多多。"知识人"学识多，却做事瞻前顾后，优柔寡断，缺少行动力。常常在纠结中度过，在矛盾中徘徊，因而内心常常陷于矛盾痛苦之中。而"自由人"不仅善于发现问题，而且能及时解决问题。不仅想到了，而且做到了。行动力超强，做事干脆利落，不纠结不徘徊不观望，果敢而无畏，因而，这种人做事效率高成果显著，备受欢迎。

要想快乐，要么做一个简简单单，没有多少思想和心眼的"自然人"，要么做一个有思想有行动力的"自由人"，最痛苦的就是常常陷于纠结中的"知识人"。

这使我想到了一个故事：有个年轻人给杨绛写了一封长信，倾诉人生的困惑，杨绛的回信中有这样的句子："你的问题主要在于读书不多而想得太多。"一个读书不多想得太多的人会非常迷茫，那么一个虽然读书很多，想得也多，却不付诸行动的人，可能会更加痛苦和迷茫。可见，知识决定不了你快乐不快乐，而你的行动力才是决定你快乐与否的关键。

我很赞同这样一句话："三流的点子加一流的执行力，永远比一流的点子加三流的执行力更好。"

我们村里有两个小伙子初中毕业后同在广州做保安，两个人都知道，如果有本科文凭，可以当一个物业总管甚至是经理，那工资就要翻几番。只是，其中一个小伙子只是想了想，却没有采取任何行动。而另一个小伙子报了大专培训班，买了很多书，业余时间总在学习大专知识。两年后，这个小伙子如愿以偿地拿到了大专文凭，又过了两年，还拿到了本科文凭，并且当上了项目部经理，完成了由一个普通保安到高层主管的华丽转身，真正改变了自己的命运。而他的那个同乡却依然只有初中文凭，依然在做保安，依然在空想着，如果我有本科文凭该多好！

如果只是思来想去，不停纠结，而没有实际行动，永远于事无补。当你有一个想法时，行动是最好的语言。所以，活在当下，思想与行动结合起来，才是解决问题的关键。

　　明末清初的张岱一生四处游历，写下了许多描写山川风物的文字，读他的文章，总能感觉到清新脱俗的意境和卓尔不群的情怀。

　　在读张岱的《天镜园》的时候，我被其中"高槐深竹，樾暗千层"的清幽所吸引，特别是读到"余读书其中，扑面临头，受用一绿，幽窗开卷，字俱碧鲜"这几句时更是拍案叫绝了。想象一下这样的情景——坐在浴凫堂里读书，扑面而来的全是绿色，推开窗子，打开书卷，所有的文字，全是青碧鲜绿的颜色。多美！这就是张岱，他陶醉于绿色的簇拥中，入眼都是青碧，就连书中的文字，也成了春天的一片片嫩芽。我不觉惊叹：要有多么浪漫的情怀才会有如此诗意的想象啊！

　　一个浪漫的人，满腔诗意的情怀，总会在不经意间令我们唏嘘不已又叹服之至。

　　还记得张岱的那篇《湖心亭看雪》吗？在一个大雪飘飞的晚上，张岱一个人乘着一叶小舟，拥毳衣炉火前往湖心亭欣赏雪景。他陶醉于雪后西湖的美景之中："雾凇沆砀，天与云与山与水，上下一白……"

而我们在下雪天，大多是开着空调或是围着炉火还嫌不够暖和。即便出门赏雪，怕也得等到红日初上。张岱却特立独行，他去湖上赏雪是什么时候？是雪夜、是晚上，且又孤身一人。这需要有多么超凡脱俗的兴致才会有如此"孟浪"之举啊！以至于一个舟子看到张岱独在湖心亭赏雪后，对他的主人感慨道："莫说相公痴，更有痴似相公者！"

是啊，也许我们这些凡夫俗子会笑话张岱的痴狂，不过，痴与不痴，谁又能解其中的况味呢？正如曹雪芹在《红楼梦》的开头说："满纸荒唐言，一把辛酸泪，都云作者痴，谁解其中味？"张岱痴迷于天与云与水的融合，痴迷于天人合一的意境，在自然万物中寻找到了一方安顿灵魂的净土，在这一方天地里，他的心获得了澄净与安然。

有人说：我们走得太快了，该停下来等一等灵魂。在物质生活日益富足的今天，如何能让我们的精神世界不断丰盈？我想，如果你慢慢修炼得有了张岱的痴与雅，又何惧内心不会强大与充实？

遵从自己的内心，便是最好的安排

您听说过美国最后一位守灯塔的人的故事吗？

他是一个又瘦又高、谈吐斯文的人，他去世时八十八岁，守灯塔六十六年，他守的是纽约的灯塔，见证所有最大邮轮出入这个港口。在一九七三年，一艘货轮和游船于浓雾中相撞，是由他看到了报海警，救起了六十三个人。

他从来没有放过一天假，在孤寂中读了无数的书，其他嗜好也不过是钓钓鱼，他说："我不要退休，我太爱大海了，太爱我的工作了。"

在很多人看来，一生守护一只灯塔，是多么无聊和无趣的工作，然而，这位灯塔守护者却说："我每天看灿烂的黎明和日落，背后还有无数的曼哈顿灯火，一生何求！"

这位守灯塔老人的生活在很多人眼中或许认为不够丰富多彩，但他遵从了自己的内心，以自己喜欢的方式去生活，每一天看似单调的日子便熠熠生辉起来。

因为喜欢田园生活，陶渊明辞去官职，在南山下种豆，在东篱下采菊，闲暇时常著文章自娱，虽"箪瓢屡空，晏如也"。

也许农夫的生活比在官场要清贫得多，但陶渊明在田园生活中找到了属于自己的心安所在，心境恬静安适，对他来说，这一切便是最好的安排。

因为热爱自然美景，因为喜欢探幽访胜，徐霞客一生四处游历，风餐露宿，途中多次遭受病痛和盗匪的侵扰，然而他不改初衷，乐而忘忧，虽死无憾，留下了为世人瞩目的地理巨著《徐霞客游记》。

相信徐霞客游历的初衷，也许并未想到要为祖国乃至世界的地理事业做贡献，他只是听从了自己的内心，用属于自己的方式，找到了活着的意义。

苏轼的好友王巩因受"乌苏台案"的牵连，被贬到岭南的荒僻之地宾州，其歌妓柔奴自愿随其往，后来王巩北归，在一次宴会上，苏轼问柔奴在岭南的感受，柔奴说："此心安处是吾乡。"令苏轼大为感动。

白居易也有诗云：无论海角与天涯，大抵心安即是家。

和自己喜欢的人在一起，无论在海角天涯，无论贫困与否，大抵心安。

我的表哥表嫂文化程度都不太高，工作也不太光鲜，表哥在出租公司开出租车，表嫂在超市卖日用品，然而，他们家天天都笑声不断，日子过得滋润而自在。表嫂常挂在嘴边的话是："我觉得我们这种天天不操啥心，有吃有喝，身体健健康康的日子就好得很！"说这些话的时候，表嫂的脸往往笑得像朵菊花，幸福溢满了脸庞。

表哥表嫂的生活未必富裕，凡俗的日子里有很多困难和曲折，但是他们不怨不尤，心怀盈盈的温暖、感恩和爱。无论面对怎样灰暗的时空，他们的脸上都会荡漾出一份明媚。

无论身处何种境界，只要遵从自己的内心，以自己喜欢的方式去生活，便是最好的安排。

远离油腻，尽享清欢

　　今天下午坐公交时，因为没有座，我一直站着。正在低头看手机时，忽然闻到了一股浓郁的令人窒息的味道——油腻，我的头脑中立即闪现出了这两个字。油腻味道，绝对的油腻味道！这两个字这段时间太流行了，倏忽就从我脑海里钻出来。

　　我立即抬头查看油腻的发源体，原来是一位身材臃肿，满脸堆肉的大妈。大妈身着紧绷的紫色马甲，鼓着圆滚滚的肚子，一副油腻十足的模样。

　　想到"油腻"这个词，是因为前几天一位朋友问我，看过最近网络上流行的《油腻的中年人》这篇文章吗？我说没有，他当即把这篇文章给我发了过来。文中总结了油腻中年人的二十大特征，除了体态肥胖以外，还有喜欢带各种串、聚会时朗诵诗歌，然后开始哭等等。总之，就是形容这类中年人不注意保持身材、喜欢显摆、附庸风雅等。很明显，这类油腻中年人是老气横秋、令人乏味的群体。

　　我朋友圈里有个经营服装生意的朋友，她经常发一些时尚图片，最让我感兴趣的是老人的一些衣着图片。照片上的那些老人，虽然大多是古稀之年，却身材纤细，衣着时尚，妆容精致，气质优雅，成为一道别样的风景，令人赏心悦目。

其实，令人赞赏的不仅是他们的外表，更是他们对生活的热爱对美的不懈追求。他们的身上没有油腻的特征，只有精致的美丽。活到老，美丽到老，如同一杯甘醇的酒，愈久弥香；如同一首经年的诗，韵味悠长。

很多时候，美丽真的与年龄无关，而与一个人的学识、修养、气质以及对生活的态度有关。

南开大学资深教授、中国古典文学研究专家叶嘉莹，虽然年过九十，满头华发，但衣着得体，举止优雅，谈吐不凡，看起来高贵而典雅。叶老一生都致力于研究和传播中国古典诗词文化，因为中国古典文化的浸润，因为对教育事业的热爱，她活得精彩而迷人。

苏轼说："人生有味是清欢。"清欢的境界不显摆不奢华不做作，清寂而雅致，淡然而悠远，与优雅相伴，与油腻无缘。

远离油腻，尽享清欢。